中文 A 文學課程
學習指導

Chinese A Literature Course
Study Guide

董寧 編著

第三版｜繁體版

視覺形象設計　靳劉高創意策略
責任編輯　　　尚小萌　鄭海檳　謝雨琪
書籍設計　　　吳冠曼
排　　版　　　陳先英　楊錄

書　　名　　**DP中文 A 文學課程學習指導**（第三版）（繁體版）
　　　　　　DP Chinese A Literature Course Study Guide
　　　　　　(3rd Edition) (Traditional Character Version)
編　　著　　董　寧
出　　版　　三聯書店（香港）有限公司
　　　　　　香港北角英皇道 499 號北角工業大廈 20 樓
香港發行　　香港聯合書刊物流有限公司
　　　　　　香港新界荃灣德士古道 220-248 號 16 樓
印　　刷　　美雅印刷製本有限公司
　　　　　　香港九龍觀塘榮業街 6 號 4 樓 A 室
版　　次　　2012 年 1 月香港第一版第一次印刷
　　　　　　2017 年 2 月香港第二版第一次印刷
　　　　　　2021 年 2 月香港第三版第一次印刷
規　　格　　大 16 開（215 × 278 mm）240 面
國際書號　　ISBN 978-962-04-4443-2

© 2012, 2017, 2021 Joint Publishing (H.K.) Co., Ltd.

Published & Printed in Hong Kong

封面圖片 © 2021 站酷海洛
內文圖片 © 2021 站酷海洛

This work has been developed independently and is not endorsed by the International Baccalaureate Organization.

目錄

前言：IBDP 中文 A 文學課程概要

從 2019 年開始，IBDP 中文 A 文學課程開始啟用新的大綱。新大綱與 DP 課程和 MYP 課程的聯繫更加密切。

本課程分為兩個級別，一個是普通課程，一個是高級課程。和舊的課程相比，新的普通課程和高級課程之間的距離拉大，難易程度差別明顯，體現在閱讀數量和評估的項目上。普通課程的同學要求閱讀 4 部中文原著作品，3 部翻譯文學作品及 2 部自選作品，一共 9 部文學作品；高級課程的同學要求閱讀 5 部中文原著作品，4 部翻譯文學作品及 4 部自選作品，一共 13 部文學作品。普通課程的同學只需完成三項評估，而高級課程的同學則需要完成四項評估，且評估的要求也不盡相同。

新大綱規定，每個學校的任課老師可以根據規定的閱讀書目選擇適當的作品作為教材。儘管具體的作品可能不一樣，但是不同學校各個部分選擇的作品都要符合 IB 統一的原則和規定。要包括不同地域（洲際、國別、地區）、不同時代（歷史時期）、不同文化（宗教信仰）、不同體裁（長篇小說、短篇小說、散文、詩歌、戲曲）、不同風格、不同形式、不同主題內涵的文學作品。從閱讀書目來看，新課程中翻譯文學作品的數量明顯增加。

最值得突出強調以引起學習者高度重視的，是新課程的內容要素與授課模式的改變。新課程將原來固定的四個部分，改為可靈活組合的新模式，給學習者提供了更多自由選擇和主動參與的空間，但也提出了更高的要求。每一位老師和學生必須全面了解課程，才能迎接新的挑戰。

教學時間	兩年	
教學內容	三大領域 七大概念 五大全球性問題	
	高級課程	**普通課程**
作品規定	中文原著 5 部 翻譯作品 4 部 自選作品 4 部	中文原著 4 部 翻譯作品 3 部 自選作品 2 部
評估項目	試卷一： 撰寫 2 篇在附有引導題下的文學分析 時間：135 分鐘	試卷一： 撰寫 1 篇在附有引導題下的文學分析 時間：75 分鐘
	試卷二： 根據學過的 2 部作品完成 1 篇比較論文 時間：105 分鐘	試卷二： 根據學過的 2 部作品完成 1 篇比較論文 時間：105 分鐘
	個人口試： 根據 2 篇文本節選，選擇一個全球性問題，完成口頭評論 時間：15 分鐘	個人口試： 根據 2 篇文本節選，選擇一個全球性問題，完成口頭評論 時間：15 分鐘
	高級課程論文： 聯繫一個學習過的文學文本進行探究，撰寫 1 篇論文 字數：1500-1800	/
評估目標	了解、理解和詮釋 分析和評價 交流	
學生參與程度	需更加主動：選擇作品、參與教學、完成學習者檔案、設計個人評估、完成評估	
老師職責	選材、講授、輔導、協助學生完成評估	

新的 DP 文學課程可以用這樣幾個字來概括：新視野、新目標、新高度。

新的課程大綱改變了傳統文學的課程設置，突出了文學課程的教學重點，增添了新的課程元素。

突出核心概念，以概念為研讀文本的出發點

2014 年，國際文憑中學項目（MYP）教學大綱全面更新。為實現與小學項目（PYP）、大學預科項目（DP）及職業教育證書項目（CP）之間更有效地銜接，中學項目開啟了"新篇章"，實行以概念為中心的探究性的教學模式，在每一個學科單元中突出"重大概念""相關概念""全球語境""探究問題""學習方法"等幾個重要元素。這個改變，打破了中文學科以專業知識為中心的教學傳統，開啟了中文教學的一次革命。

2019 年，國際文憑大學預科項目（DP）教學大綱全面更新，延續了 MYP 以概念為中心的 IB 探究性的教學模式，從而完成了 DP 和 MYP 課程的接軌，確保了 IB 三個課程項目的連續性與統一性。新的 DP 文學課程，突出了核心概念的作用，強調從概念性的理解出發展開對文學文本的閱讀與研究。

以概念為中心的教學模式不同於傳統以文本為中心的教學模式。以文本為中心的教學是平面的，老師教的是局限於文本的具體內容，學生學的是有限的文學技巧和語言現象，知識是有限的、滯後的；以概念為中心的教學是立體的，老師教的是語言文學的演變發展，學生學的是學科知識的來龍去脈，知識是前瞻的、無限的。以文本為中心的教學是封閉的，適合於專才的培養；以概念為中心的教學是開放的，有利於通才的培養。以概念為中心的教學，便於學生展開對周圍世界的觀察，有助於學生深入理解文學和人類社會相關的各種現象，有利於學生把文學課程的學習和其他學科知識聯繫起來，使學科學習更加廣泛靈活。

本課程選擇了在語言與文學研究中具有核心地位的七個概念，來引導和促進學生對文學文本的學習與研究。七個核心概念是：身份認同、文化、觀點、創造、交流、呈現、轉化。七個核心概念，作為和學科相關的重要思想觀點，成為文學課程的七個出發點。學生可以從這裏出發，展開思考，研讀各種題材與體裁的文本，解釋各種文學思潮和現象，發現研究各種與文學相關的社會問題，應對人生成長過程中遇到的苦難問題，從而加深理解文學的作用與意義價值，使文學成為真正的人學、社會學。

三大探究領域，開拓文學文本研究的新視野

三個探究領域分別是：作者、文本與讀者，時間與空間，互文性（文本的相互聯繫）。

三個探究領域引導學習者從多個角度全方位探討和解讀同一個文學文本。從三個探究領域來研讀文學文本是新的 DP 課程中最具有創意的亮點。它不僅體現了 DP 課程對前瞻性的追求，也體現了對文學研究縱深性的要求。將三個探究領域與文本研讀有機地聯繫在一起，其目的就是擴大讀者的視野，促進全方位深入透徹地理解文學作品。

文學是語言的藝術。根據語用學的原理，語言文學文本的內容與文字的表現形式是和這個文本寫作的特殊目的和實際情況密切相關的。每一個具體文本，都是為了達到某個特定的交流目的才創作出來的。文學文本也不例外。寫作者是在有了交流對象、明確的交談目的下才創作出特定的文本，因此這個文本具有明確的情感立場。文本所使用的語體語氣，所選擇的字詞句和結構形式、語言技巧都是由交流目的決定，受特定語境制約的。如果忽略了這一切，只根據文本的字詞句和技巧形式來分析、判斷和評價，就難免出現隔靴搔癢、片面化與碎片化的現象。新課程突出強調了對文本生成的語境、文本的傳播、受眾接受等方面研究的重要性，彌補以往在此方面的忽視與不足。

1. 作者、文本與讀者

這一探究領域的重點是：

- 關注各種文學形式的文本細節；
- 了解作者的選擇以及創造意義的手段與方式；
- 研究讀者的參與、接受與詮釋對構建文本意義產生的作用；
- 識別關鍵文本特徵以及它們對於文本意義創建的意義及作用。

在研讀一個文學文本時，如果從讀者、作者和文本的不同角度和方向進行探討研究，就可以構成一個完整的畫面，讓學習者深入理解一個文本是在怎樣的時代背景和文化語境下、針對哪些受眾創作的；這個文本為了達到怎樣的目的、採用了哪些有效的手段；這些手段技巧對於創作者和讀者之間的交流與溝通發揮了什麼樣的效用；文本是否有效地實現了其交流的目的、滿足了交流的需要。

2. 時間與空間

這一探究領域的重點是：

● 明白文學文本既不是在真空中創造也不是在真空中被接受的,探討文學背景的多樣性,研究作者的文化歷史背景對構成文本風格和構建意義的重要作用;

● 探討文學文本如何在時間和空間上被編寫和閱讀,以及文學本身反映整個世界的方式,研究時代和地域文化環境對讀者接受文本的思想意義及其表達方式所產生的影響及作用;

● 觀察文化條件如何塑造了文學文本,從各種文化和歷史角度研究文學文本可能代表和理解的方式,研究一個經典的文學文本如何、且在怎樣的程度上可以穿越時空不斷地影響世界及人類的生活。

時間和空間領域引導學習者從跨越文化背景、跨越特定歷史時期、跨越地域地理環境的角度和方位解讀一個文學文本,從而探索文學的源流、觀察文學的發展、考察文學的變化、理解文學的現狀、辨識文學的未來。

3. 互文性

這一探究領域的重點是:

● 了解任何文本都是另一個文本的吸收和轉換,引導學習者從一個文學文本與其他文學文本相互影響關聯的複雜性角度來探討和解讀作品;

● 關注不同文本在文學傳統、創作者和思想觀點之間的聯繫,研究一個文本的產生在哪些方面或多大程度上體現出對傳統的繼承、發展和演變;

● 側重文學文本的比較異同研究,了解個別文學文本的獨特特徵及複雜的聯繫系統,探討不同體裁、題材的文本間可以以怎樣的方式發生關聯、影響與演變。

文學文本不是從天上掉下來的,而是在文學的土壤中生長出來的。文學創作沒有絕對的創新,不同地域、不同時期、不同體裁類別的文本總在內容形式等方面相互關聯。互文性領域的研究,引導學習者研討一個文本對另一個文本的互涉引用可以有哪些方式。

當學習者養成了從全方位分析一個文學文本習慣的時候,就會用一種更加深入與廣泛的眼光觀察文學發展變化的根源及其影響;就會對一個作品的社會意義與思想價值做出全面的認識;就會對作品的特色與效果進行不偏頗、有深度、清晰明確的分析評論。只有這樣,才能在學習的過程中養成自己獨到的觀察研究能力,並把文學課程中學到的知識運用於自己的人生和社會實踐中去。

五大全球性問題，搭建探索世界和平發展的橋樑

五個全球性問題包括：文化、認同和社區，信仰、價值觀和教育，政治、權力和公平正義，藝術、創造力和想象力，科學、技術和環境。

五個全球性問題，體現 IB 培養世界公民具有全球意識與跨文化交流的教學目標。DP 文學課程的設置，不是為了培養未來的文學家，而是為了培養未來的世界公民。文學課程要求學生立足文學課堂，在文學文本的學習過程中提高運用文學知識，觀察社會、發現問題、研究和探討社會狀況、參與人類歷史進程的能力。

文學課程提供了一個探究世界的載體，以培養學習者關心世界發展、健康教育、人類安全、可持續發展的全球意識，在提高科技素養、批判思維、想象創造的能力，加強文化認同，增進多元文化理解等方面發揮著重要作用，承擔著"為開創更美好、更和平的世界貢獻力量"的使命。

發展語言技能，明確培養世界公民的新目標

語言技能包括：接受技能、表達技能、互動交流技能。

語言技能是提高學習者個人的身份認同，培養批判性文化素養的基礎。發展語言技能，就是提高學生的綜合閱讀素養和能力，包括：

- 尋找和提取信息的素養和能力；
- 解釋和判斷的素養和能力；
- 反思和評估的素養和能力；
- 運用語言進行創造的素養和能力。

1. 尋找和提取信息就是語言的接受技能

在文學文本的閱讀中，學習者必須具有從不同的文本中提取相關信息以及理解信息的能力，包括：

- 通過網站導航查找、判斷和評估信息的能力；
- 關注文本細節，應用文本慣用手法，對文學文本做出有根據的詮釋、分析、比較、評價；
- 通過對字面意義的理解，在已有的知識基礎之上，使用各種文學策略，探討文本的蘊涵，發掘超越文本字面的深廣涵義。

2. 表達技能，指在各種不同的語言文化環境中使用恰當的語言技巧

- 運用語言技能解釋信息的能力；
- 運用語言技能進行反思和評估的能力；
- 運用語言技能表達批判性思維的能力；
- 運用語言技能解決問題的能力；
- 創造性表達的能力。

3. 互動交流技能

　　面對全球化、信息化的世界，具備互動交流的技能，促進和全球不同文化、地域人們之間的協作和溝通，比以往任何時候都更重要。人們需要掌握語言的技能，進行語言交流，了解對方的想法，尊重他人的習慣，表達自己的看法意見、思想情感，交流彼此的想法觀點；語言的互動交流技能，是與他人有效互動，以及參與社會生活所需的知識和技能。

　　以上語言技能，是 21 世紀的核心能力。文學課程的教學是以培養學習者在社會生活中的交流能力為目標，突出培養學習者具有轉化、應用知識和技能的能力。通過對文學文本的學習，使學習者能夠在沒有老師幫助的情況下，獨立地將他們學到的知識、技能和概念“轉移”應用到各種環境之中，將他們習得的思考技能“轉移”應用到其他文本。在文學課程的學習中，學習者應該有意識地運用獲取、理解、分析和評估信息的能力，培養高級思維的比較、判斷、質疑等能力，提高在各種不同的實際生活情境中運用語言文字的能力，增強人際交流基本技能、與他人互動以及參與社會生活所需的知識和技能。只有這樣，才能提高自己在未來生活中的競爭力。

學習文學理論，構建對文學文本的全面認識

　　理論是人類用以認識事物的一種方式，每個學科都有理論。

　　文學理論是對有關文學的本質、特徵、發展規律和社會作用的原理、原則的研究總結與論述，是研究文學之歷史現象及其發展規律的科學。文學理論對作家作品、文學創作、文學接受、文學現象、文學運動、文學思潮和文學流派的分析、研究、欣賞、認識、評論等具有指導作用。

　　文學試圖揭示人類自身的生存意義和價值，其深刻內涵隱藏於文學作品的隱喻、密碼之中。想要深入地理解和研究文學作品，想要全面地譯解文學作品，離不開文學理論。以文學批評理論為指導來討論文本的技巧或形式的各個

方面，建立文本與更廣泛的觀點之間的聯繫，提升閱讀體驗者的鑒賞理解力，將對作品的感悟欣賞昇華到深層次的本質認知階段，逐步形成批判性思維和創新能力。

DP 中文 A 文學課程，是一個文學欣賞和文學批評的課程，以文學作品為主要對象，以對文學作品的細讀和賞評為主要內容。通過文學欣賞培養學生閱讀、品鑒、理解、想象的能力，通過文學批評提高學習者獨立思考、分析批判的能力。文學的欣賞和批評，不但要求讀者運用聯想和藝術想象，還要有理性的思考與判斷，具備一定的文學理論知識才可以很好地欣賞和批評文學作品。

文學理論，對於文學文本的研讀來講，既是望遠鏡，又是顯微鏡。以文學批評理論為切入點來分析作品，便於確定研究的焦點，把對文學作品的考察與研讀提高到一個新的高度，構建對文學的全面認識。以文學理論為主線，將新課程的幾項核心元素有機地整合在一起，就可以解決一些重要的問題，可以把不同地域、不同時期、不同體裁類別的作品放在一起考察，可以探索文學的源流，觀察文學現象的發展、變化，理解文學的現狀，辨識文學的方向，可以從歷史、思想（思潮）、文化的角度考察文學作品的形成、發展，從而更加深入透徹地理解文學的意義、價值，及對人、社會的影響、作用。

對於中學生來說，學習文學理論有一定的難度，運用文學理論更是具有一定的挑戰性。但是這樣的嘗試和學習是非常有意義的。眾所周知，各種文學批評理論都有自己產生的獨特背景和條件，形成的歷史時期長久，代表的觀點眾多，內涵與外延極其廣泛。我們的課程學習時間有限，不可能面面俱到。在教學的過程中，必須根據教學的目標，精心篩選，仔細規劃，結合具體的作品，確立側重點，採用有效的學習活動，讓學習者掌握相關理論的要點，為今後全面深入的理論學習鋪墊通衢。

建立學習者檔案，培養學習者良好的學習習慣

新課程要求學習者在兩年的學習期間，保留學習記錄，真實反映和記錄自己學習的全過程。這對所有學生都是強制要求的。

學習者檔案是 DP 學習者兩年課程學習的記錄，也是在這個人生階段成長的記錄。持之以恆，在日常學習過程中真實全面地記錄學習的過程，對於養成良好學習習慣，對於培養終生學習的毅力，都是行之有效的好方法。

學習者檔案是一個學生探索和反思文學文本的園地，是對概念理解、文學

理論知識的吸收、消化、理解的積累，也是展開自我對文學的質疑、反駁、論證的場所。各種文本之間的關聯互涉在此得以建立，對各種文本的觀點在此得以構建。這是一種自我與文本的對話，也是一種自我探索的筆記。

學習者檔案是學習者準備評估演練的基地。學習者檔案為評估機構提供了學生學習的證據，學習者檔案記錄了學生為評估所做的準備。學習者針對所研究的作品與評估要求之間所進行的一系列的選擇、探索、演練的過程都在此備案，並起到了幫助學生做出最合適的選擇，以最好地實現評估目標的作用。

學習者檔案的內容要求和日常學習密切相連、完整全面。資料收集、閱讀思考、探索反思、回應創造、課堂學習、與同窗的討論、小組活動報告、與老師的交流、得到的有價值反饋、學習過程中面臨的挑戰和成就、自我評估判斷等等，都屬於記錄的範圍。

文學課程的學生，學習者檔案的內容可包含以下部分：

● 學習內容：包括作品名稱、文體特點等；

● 資料收集：文獻資料（註明出處）、網上數據（註明訪問日期）等；

● 自我研讀：個人的感想、體會、發現、觀點等；

● 老師講解：課堂記錄等；

● 課堂討論：課堂或小組活動或討論的話題、報告等；

● 考試要求：每一項考試所指定的作品、所選的形式、所涉及的評分標準等；

● 考試準備：記錄你的準備過程，如針對口試考試，你在選擇合適的作品選段，選擇口試形式的幾個階段所做的事情，包括開頭階段、進展階段、完成階段等；

● 反思總結：反省和總結你在本項評估準備過程中的得失，如你面臨的挑戰，你取得的成就，你的收穫和感悟等。

建議老師要求學生在每一個單元學習中都要認真做好學習者檔案的記錄與整理。

課程設計及使用方法

新的課程改變了原有的課程結構，給學習者帶來了新的挑戰。本書採用以核心概念和文學理論為主線來設計單元教學內容的方法，將課程中幾個重要的元素：七大核心概念、三大探究領域、中文原著與翻譯作品的對比、五大全球性問題、學習技能、評估引導等有機地整合在一起，為老師的教學和學習者的學習搭建一個全面立體、條理明晰、包容性強、操作靈活的課程框架。讓文本研讀有清晰的方向，令全球性問題更有針對性，使技能培養更有目標，使評估引導更加明確。

1. 以概念為核心，突出核心概念的作用

用概念來組織和引領對文學作品的研究與學習，每一個單元都以一個明確的概念為核心。從一個核心概念出發，展開對文學文本的學習，有助於學習者從具體到抽象，即從所考察的具體文本問題入手，理解概念所包含的更廣泛的意義，使所學知識可以轉移、可以廣泛擴展聯繫、可以更加深入全面，培養學習者批判性思維的技能。

2. 以文學批評理論為指導，突出文學理論在單元學習中的引領作用

文學理論有助於多角度閱讀理解文學，能為學習者提供研究的方式與途徑，激發學習者探索的興趣，並能將文學教學與現實生活緊密聯繫，挖掘學生批判性思維的潛能，提高他們對人生世界做出自己的觀察、思考、分析、判斷的能力。在每一個單元中，選用一個文學理論，突出其側重點，結合具體的文學文本，設計與單元內其他要素密切結合的重點內容，提出思考學習的問題，培養學習者理論聯繫實際以及運用理論解決問題的能力。

3. 將兩個文本比較對照研習

在每一個單元內，有意將一部中文原著文本與一部翻譯文本搭配起來，進行比照研讀。這是建立文本間的聯繫、有效學習文學文本的最直接有效的方法。更便於學習者對核心概念、文學理論、三大探究領域以及全球性問題的全面掌握，也為學習者能在完成評估時做出更加多樣、靈活的選擇，以及明智合理的決定。

4. 用三大探究領域貫穿文本的研習

在每一個單元內，針對研讀文本，從三大相關領域進行全面探索和研究。三個領域在大綱中是分開的，但是在文本研究中應該是相互貫通的。貫通三大領域，從多維度對一個文本進行全面的研究探討，綜合考察一個文學文本，而不是割裂孤立地對文本進行分析，這樣就能把文學課程的學科知識和學生對世界的認識結合在一起。學習者所看到的文本是一個全方位、立體的文學世界，避免只見樹木不見森林的一孔之見。

5. 以全球性問題作為研讀作品的連接點

五個全球性問題，涵蓋了當今世界已經出現和正在出現的值得關注的重大

問題，這些問題具有跨越文化、地域、種族、國家的性質，且在每一個人的日常生活中，在不同程度上、以不同的方式被感受到。在每一個單元中，選擇一個恰當的全球性問題，與兩個文本建立緊密的聯繫。在研讀文本的過程中，學習者不僅要比較識別、理解詮釋這個問題，還要對這些問題在文本中的建構方式，以及文本為呈現觀點所選擇的文本形式和手法技巧方面進行分析評論。學習者要從所學的文本中，發現這些問題，思考和討論這些問題，並在此基礎上能夠對這個問題的歷史與現實意義發表自己的獨到見解。

本書設有六個單元，前五個單元以作品的研習為主要內容。每個單元包含新課程的五大要素，以概念為核心，以文學理論為導引，選用一部中文原著文學作品和一部翻譯文學作品進行對照學習，從三個相關領域展開探討。每個單元都會根據學習的內容提供明確的評估引導題。而第六個單元，則集中在評估演練方面。通過各種類型的評估演練加深對本單元的概念理解，並幫助學生順利完成評估任務。

本書嘗試採用一個新的思路，進行一個前所未有的規劃，將各種新的重要元素集合在一起，以順應課程變化，滿足教學要求，使課程學習具有更強的可操作性，給緊張忙碌的師生帶來教學的方便，使學習者掌握基礎的文學知識，學會運用語言技巧，完成必要的評估任務。在學習的過程中，學習者可以靈活使用，或使用相同的文本作品與方法思路，或根據學習者的特點與需求突出自己的側重點，進行語言技能的訓練。

由於筆者的水平、時間、能力都有限，疏漏失誤在所難免，懇請廣大讀者多提批評修正的意見。

本書附贈電子資源，請登錄網站 chinesemadeeasy.com/ibdpal-guide，或掃描二維碼查看。

Unit 1
單元一

※ 單元目錄

※ 學習目標

- 學習分析戲劇劇本如何使用各種技巧來吸引讀者閱讀、影響讀者接受。
- 領悟作品如何幫助你理解身份認同對人的觀念行為的影響。

1 核心概念：身份認同

身份認同，指的是人對主體自身身份的一種確認和描述。人不能離開身份而存在。為了明確自己的身份，人們常常會問：我是誰？我是一個什麼樣的人？從何而來？到何處去？

一個人的身份認同決定了他／她的信仰與價值觀念，他／她的信仰與價值觀念又決定了他／她的言談舉止。舉個例子：如果一個人認定了自己是一個具有國際視野、心胸開闊的學習者，那他就會崇尚知識，他就相信通過不斷學習獲得知識才能成就自己。於是，他就具有努力追求知識、刻苦學習的行為。反過來說，從一個人的舉止行為，也可以在一定程度上判斷出他的身份認同。優秀的文學作品，往往是通過展示人物的言談舉止，來呈現作者及其人物的身份認同。

身份認同是心理學和社會學的一個概念，可以有多個層次，例如家庭、國家、民族、世界等。身份認同會因歷史、文化、國籍的不同而嬗變。身份認同可以因為與其他擁有相近價值取向、生活態度等的人互相認同和接納而產生歸屬感。一個人可透過服從社群規範，發展出對社群的投入和認同感，成為該群體的一員，從而得到"自己人"的身份認同感。

 思考判斷

請根據自己的理解向其他同學解釋下面的陳述：

身份認同是一個自我認識的過程，不同的身份會影響人們的日常行事，也會影響人在人生不同階段所作的決定。身份認同與個人成長有密切關係，對於自我身份的尋求與確認可以伴隨人的一生。

 **討論交流**

細讀下面的陳述，說明你的觀點，並舉出一些例子加以說明。在班級分享你的看法。

1. 每個身份都有他附帶的角色，每個角色又受一定的行為規範限制。

2. 身份也是一個人身處的社會位置，有些身份是在出生時已被賦予，不會因環境不同和時間流逝而改變。

3. 生活環境的改變，不同文化的碰撞交融，語言、服飾、飲食、風俗習慣的變化都可能影響一個人的身份認同。

 歸納條理

請根據下面的題目說說自己的觀點，舉出你所學過的作品實例，並用一段文字記錄下來：

作家的身份認同與其作品中人物的身份認同有關聯。

2 文學理論：女性主義文學批評理論

單
元
一

　　法國 20 世紀著名的女性主義文學批評家，西蒙娜·德·波伏娃在她的《第二性》裏指出，女性的歷史和現狀是由男性的需要和利益決定和形成的"第二性"。一個女人之為女人，不是天生的，而是後天形成的。她認為在由男人控制的等級社會裏，婦女作為一個由男性定性和詮釋的物體而存在，處於"他者"地位，不是一個獨立自主的主體，也沒有權利來選擇自己在社會上的地位，男女不平等。女性的命運被男性掌握，沒有社會地位，沒有個人尊嚴和價值。

　　女性主義理論，檢視女性的社會生存困境……女性主義理論認為，女性在政治、經濟、文化、思想、認知、觀念、倫理等各個領域都處於和男性不平等的地位，即使在家庭這樣的私人領域裏也是如此的性別秩序，絕對不是自然形成的，因為它顯然已經跨越了歷史和文化的限制，是在世界範圍內普遍存在的現象。所以，這是由社會和文化人為構建起來的，是可以改變的。女性主義運動就是努力向傳統的勞動分工方式進行挑戰、向所有造成女性無自主性、附屬性和屈居次要地位的權力結構、法律和習俗挑戰。

　　"女性主義"就是強調男女兩性的平等，女性主義文學作品發揮了重要的宣傳作用。1929 年伍爾夫的《一間自己的屋子》、1949 年波伏娃的《第二性》、1970 年米利特的《性政治》、1981 年瑪格麗特·阿特伍德的《使女的故事》……這些關於女性的文學作品都在試圖揭示女性當下的困境是什麼、女性應該去追求什麼，以及一個女性該如何成為女性的問題。

　　女性主義文學批評就是這樣一種文學理論流派，它受到女性主義理論和政治女性主義的啟發。女性主義理論自 20 世紀初期開始發展，通過各種方式研究文學作品，如，研究男人和女人的代表以及他們如何反映社會的壓力和期望；分析如何使用語言、圖像和敘述來構建這些性別角色；研究文學世界中女性作家的平衡意義。

 **討論交流**

1. 通過對女性主義文學理論的學習，你是否更加關注兩性間的關係問題？

2. 在你的周圍有沒有性別不平等的問題？在你讀過的文學作品中作者如何呈現出性別不平等的問題？

3. 你怎樣看待重男輕女的現象？

4. 你讀過的哪些文本表現了女性在婚姻中的角色、社會地位，以及生存困境的問題？

5. 為什麼說在男性社會中，女性的性別、權利、身份認同是至關重要的問題？

6. 你認為"婚姻"問題是本地還是全球性問題？

3 作者、文本與讀者

3.1 研讀作品：劇本《玩偶之家》

一、作者

　　易卜生（Henrik Johan Ibsen, 1828 - 1906），19 世紀挪威劇作家，被譽為 20 世紀以來的 "現代戲劇" 的始創者。易卜生的一生中創作了 26 部戲劇，《玩偶之家》（*A Doll's House*, 1879）稱得上是中國人最熟悉的西方現代劇本。易卜生對戲劇的發展有重大影響，20 世紀以來的 "現代戲劇" 就是從他開始的。《玩偶之家》這部劇作在歐洲乃至世界文學史上都佔據著特殊的地位，並奠定了易卜生作為 "現代戲劇之父" 的基石。

 課堂活動

1. 查找資料，了解作者生平及其寫作的背景。

2. 為什麼易卜生被稱為 "現代戲劇" 的創始者？請利用網絡，查找資料，做出自己的解答。

3. 小組討論作家的身份認同，並在班級展開交流：易卜生和他的創作有什麼特殊之處？在你們看來作者是一個什麼樣的人？

二、文本

探究驅動

　　以小組為單位，整理自己已有的相關知識，說說戲劇劇本有哪些文體特徵要素。可以採用 PPT 和全班同學分享。

（一）戲劇劇本的文體特徵

　　劇本是供演員在舞台上演出的文學腳本。劇本主要由劇中人物的對話、獨白、旁白和舞台指示組成。劇本的基本特點是要突出舞台的表演性：

　　其一，時間、人物、情節、場景要高度集中在舞台範圍內。劇本中通常用"幕"和"場"來表示段落和情節。"幕"指情節發展的一個大段落。"一幕"可分為幾場，"一場"指一幕中發生空間變換或時間隔開的情節。劇本一般要求篇幅不能太長，人物不能太多，場景也不能過多地轉換。

　　其二，戲劇中的矛盾衝突要尖銳突出。沒有矛盾衝突就沒有戲劇。因為劇本受篇幅和演出時間的限制，所以要在有限的空間和時間裏反映尖銳突出的矛盾衝突。劇本中的矛盾衝突大體分為發生、發展、高潮和結尾四部分。矛盾衝突發展到最激烈的時候稱為高潮。

　　其三，劇本的語言要表現人物性格。劇本的語言包括台詞和舞台說明兩個方面。台詞，就是劇中人物所說的話，包括對話、獨白、旁白。獨白是劇中人物獨自抒發個人情感和願望時說的話。旁白是劇中某個角色背著台上其他劇中人從旁側對觀眾說的話。劇本主要是通過台詞推動情節發展，表現人物性格。因此，台詞語言要求能充分地表現人物的性格、身份和思想感情，要通俗自然、簡練明確，要口語化，要適合舞台表演。

　　舞台說明，又叫舞台提示，是劇本語言不可缺少的一部分。舞台提示是以劇作者的口氣來寫的敘述性的文字說明，包括劇情發生的時間、地點、服裝、道具、佈景、燈光、音響效果以及人物的表情、動作、上下場、形象特徵、形體動作及內心活動等。這些說明對刻畫人物性格和推動、展開戲劇情節發展有一定的作用。這部分語言要求寫得簡練、扼要、明確。

（二）《玩偶之家》的內容簡介

《玩偶之家》講述了海爾茂和娜拉夫妻結婚八年貌似美滿幸福的家庭生活故事。海爾茂生病時，娜拉為了讓他療養，悄悄假冒已經去世的父親的簽名借了一筆錢。當海爾茂升任銀行經理時，他要開除的柯洛克斯泰以此來要挾他以求保留工作。海爾茂知道了娜拉偽造簽名借錢的事情，覺得有損自己的名譽，對娜拉嚴厲指責謾罵，娜拉看清了他們婚姻的真相，決定離家出走。

（三）《玩偶之家》的藝術特色

1. 改寫了戲劇傳統

《玩偶之家》改寫了戲劇傳統，從"浪漫"理想的傳奇激變劇，轉向正視現實問題的寫實劇，用戲劇的形式反映社會問題，被譽為"社會問題劇"。戲劇情景的設計接近日常生活的真實，令觀眾感到親切熟悉，認同和親近劇中的人物。現實主義戲劇／寫實戲劇，把日常生活情景搬上舞台，把"討論"帶進戲劇，故言改寫了戲劇的傳統。

2. 結構完整衝突集中

結構完整，巧妙運用了"追溯法"，把劇情安排在矛盾發展的高潮，然後運用回溯手法，把前情逐步交代出來，使得矛盾的發展既合情合理，又有條不紊。運用了懸念與伏筆，使矛盾更加集中，更有張力。主要矛盾是圍繞"假冒簽名"所引起的娜拉和海爾茂之間的矛盾，次要矛盾有娜拉和柯洛克斯泰、林丹太太與柯洛克斯泰、海爾茂與柯洛克斯泰之間的矛盾。

3. 對比刻畫人物突出

作者把劇情安排在聖誕節前後三天之內，藉以突出渲染節日的歡樂氣氛和家庭悲劇之間的對比。他以柯洛克斯泰因被海爾茂辭退，利用借據來要挾娜拉為他保住職位這件事為主線，引出各種矛盾的交錯展開。同時讓女主人公在這短短三天之中，經歷了一場激烈複雜的內心鬥爭，從平靜到混亂，從幻想到破滅，最後完成娜拉自我覺醒的過程，取得了極為強烈的戲劇效果。

男女主角的語言、行為、性格形成鮮明對比。女主角經歷了前後的心理對比、真愛與虛偽的對比，和娜拉相比，男主角海爾茂是一個自私且虛偽的資產者的形象。表面上看，他是一個"正人君子""模範丈夫"，很愛他的妻子。實際上，是一個被資產階級社會的利害關係所完全異化的人物。

4. 語言日常生活化

將戲劇的詩化語言改用平易的散文，用日常生活的語言來配合角色的口吻。人物的個性化台詞，把握了人物的心理和個性，展示出戲劇衝突的原因和層次。

劇中的對話也非常出色，既符合人物性格和劇情發展的要求，又富於說理性，有助於揭示主題，促使讀者或觀眾對作者提出的社會問題產生強烈的印象，對後來現實主義戲劇的發展影響很大。

劇中引進討論的形式，使戲劇可以與觀眾就社會問題進行交流，並得到共鳴。蕭伯納評價易卜生說："他在戲劇中所引進討論的技巧正是新舊戲劇的分水嶺。"

 課堂活動

一、閱讀作品，可以配合觀看影視節目。細讀劇本，完成下面的題目，和同學交流：

1. 從這部作品中，你對 19 世紀晚期挪威的婚姻有了哪些了解？

2. 角色扮演：

（1）假設你和同學是一對生活在 19 世紀挪威的夫妻，你們一起觀看了這部戲。請各自表達自己作為妻子、丈夫的感受。

（2）其他同學觀看表演，並展開討論：他們的反應是恰當的嗎？為什麼？

（3）請設想你是一位生活在中國 20 世紀 80 年代的家庭主婦，看了這部戲你有什麼感受？為什麼？

二、以小組為單位閱讀文本，找出《玩偶之家》中的相關細節，填寫下表：

文本特徵	作品實例
分場分幕的結構	
各種戲劇衝突	
人物對白	
舞台提示	
人物關係	
主要角色的特點	
配角的作用，如林丹太太的作用	例子：配角林丹太太是娜拉從小就認識的朋友，從一開始就以一個久經世事、穩重的形象出現。在劇中，她既是娜拉的引導形象，又是一個補充的形象。
其他	

（四）《玩偶之家》的人物形象

　　《玩偶之家》出場的人物不多，但娜拉、海爾茂、林丹太太、柯洛克斯泰、阮克醫生這五個人物來自不同的社會階層，卻構成了複雜的人物關係，起著推動情節發展、突出主題的作用。娜拉、海爾茂是恩愛的夫妻；林丹太太是娜拉的大學同學；海爾茂銀行的新職員，是柯洛克斯泰的舊情人；海爾茂和柯洛克斯泰曾經是同學，現在是銀行的上下級；阮克醫生是娜拉、海爾茂一家的老朋友，私下裏愛著娜拉，後來病重死亡。複雜的人物關係構成了多重的矛盾：

　　1. 海爾茂和柯洛克斯泰之間的矛盾；

　　2. 林丹太太和柯洛克斯泰之間的矛盾；

　　3. 柯洛克斯泰和娜拉之間的矛盾；

　　4. 娜拉和海爾茂之間的矛盾——這是一條主線，構成了全劇的主要矛盾。

　　林丹太太雖然是一個次要人物，但她對於劇情的發展起到了“導火索”的作用。她的出現引起各種矛盾衝突，從而層層深入地揭示出了人物的性格特點。

　　女主角娜拉，是一個順從丈夫的妻子、疼愛孩子的母親。在丈夫面前她一直心甘情願地扮演著溫柔的妻子，是一個受人擺佈的“玩偶”。為了救丈夫海爾茂而冒名舉債，為了維護丈夫的名譽和利益，當她在受到借條威脅時，沒有告訴丈夫而是忍辱負重獨自承受，她小心翼翼地保護丈夫和家庭。娜拉的形象非常生動地展示出了那個時代的女性，在家庭中地位多麼低下，活得多麼卑微，在困境面前多麼孤單弱小。娜拉的性格倔強善良，愛護親人、關心朋友，具有美好的品質。但是她的努力沒有得到認可，反而被丈夫冷落和辱罵，讓她意識到了自己的真實處境，決心離家出走。表現出了一個女性的自我覺醒和對不平等家庭地位的反抗。

　　易卜生用層層剝筍的手法展開故事情節，分析人物心理，突出娜拉的性格：

　　1. 出場時娜拉是美麗、活潑、無憂無慮的家庭主婦形象；

　　2. 為拯救丈夫不惜忍辱負重、犧牲自己的名譽，突出她的善良堅強；

　　3. 面對海爾茂、柯洛克斯泰的威脅與謾罵離家出走，突出了她渴望獨立自由、不甘屈服的形象。

　　次要人物林丹太太是一個高尚的女性形象。她自食其力，富有犧牲精神。為了維持生病的母親和年幼的弟弟的生活，她嫁給了一個有錢但自己不喜歡的男人。丈夫死後，她開小舖、辦小學、為母親養老送終、撫養幾個弟弟自立，最後剩下她孤單一人仍在為尋找工作到處奔波。

　　這兩位婦女形象栩栩如生，給人留下了深刻印象，充分顯示出易卜生對婦女命運的深切同情。

　　男主角海爾茂雄心勃勃，即將當上銀行經理前途無量。他是一個虛偽的市儈，一個自私的大丈夫。他表面上愛妻愛子，實際上把娜拉當作一個玩物，在不侵犯他的利益時哄她為 "小鳥兒" "小松鼠"；當娜拉冒名借債的事情影響他的利益時則立刻責怪辱罵娜拉，全不念夫妻情分；朋友阮克醫生面臨死亡時他卻無動於衷，沒有半點憐憫。海爾茂的形象，體現出當時資產階級男權中心社會中男性的虛偽本質，作者用他的言行戳穿了資產階級在道德、法律、教育和家庭關係上的假象，揭露出男子在婚姻上和經濟的統治，導致了男女不平等的尖銳社會問題。

 課堂活動

一、思考題目：

　1. 作品中有哪些人物？他們之間有著怎樣的關係？

　2. 請閱讀劇本，用文字給劇中的每個人畫像：

人物的姓名、身份？	與主要人物的關係？	典型的言語行為？	性格特點？	代表哪一類型的人？	你喜歡嗎？為什麼？

二、小組討論：

　男女主人公為了什麼事情發生矛盾衝突？

提示

　　突發的事件，看起來意外又在意料之中。戲劇衝突，構成了戲劇的起伏波瀾。柯洛克斯泰以偽造簽名借錢的事情要挾女主角，導致家庭衝突的發生。突發的事件，在戲劇中具有重要的意義。這個事件推進了戲劇的進展，出現了男女主角之間的衝突。

三、演示交流：

　　分角色扮演，表演戲劇的一個片段。說說劇中人的相互關係及其相互影響。你覺得女主角是一個怎樣的人？

四、討論評議：

　　看完了表演你們覺得這部作品和身份認同的概念在何種程度上、有怎樣的關聯？請舉出作品的例子說明，展開討論。

五、寫作：

　　請用一個段落，記錄你的看法和評價，300-500字。

課堂活動

一、閱讀第一幕，討論下面的問題：

1. 如何看待海爾茂對娜拉"溫柔體貼"？

提示

　　娜拉被丈夫當作孩子對待，丈夫對她的呵護、佔有、玩賞並不是夫妻間真正平等的愛情，而是把她當成私有財產，一件可以拿來炫耀的美麗的寶貝。海爾茂不需要也不允許娜拉有獨立的思想和人格，只願她做一個聽話、逗自己開心的"玩偶"。娜拉在家中毫無主權可言，所有事情都聽從丈夫的安排，他愛什麼娜拉也愛什麼，花錢需要向他討要、甚至連吃餅乾都被干涉，家中統治支配權被海爾茂緊緊地握在手中。

2. 為什麼娜拉對於自己的"玩偶"地位長期感受不到屈辱，反而覺得幸福？

提示

　　這是由於長期以來以男性為中心的社會模式通過家庭、婚姻、宗教、道德等社會機制來約束人們的思想和行為。男女的社會地位和婚姻規範被人們認為是天經地義的：男人養家是家中的絕對權威；女人認可丈夫在家中的絕對權威，聽任其一切安排，是婚姻的附庸品。娜拉心中美好的生活便是"每天跟孩子們玩玩鬧鬧，把家裏一切事情完全按照丈夫的意思安排得妥妥當當的"。

二、閱讀第二幕，討論下面的問題：

1. 海爾茂和娜拉對對方的愛是對等的嗎？為什麼？

提示

　　娜拉對海爾茂的愛是單純無私的；海爾茂對娜拉的愛卻是自私狹隘的。海爾茂欣賞、迷戀娜拉的外在美，把她當作長不大的孩子而不是妻子來對待，心靈深處未從真正尊重、理解娜拉。娜拉認為聽丈夫的話是待他好，海爾茂卻認為妻子就應該聽丈夫的話，娜拉感受到兩人地位的不平等。

2. 娜拉是如何發現海爾茂的自私與無情，虛偽與冷酷的？請舉例說明。

提示

● 娜拉把偽造簽字貸款看作救丈夫的壯舉，是"又得意又高興的事情"，卻不料此事竟會成為婚姻關係破裂的導火索。
● 娜拉崇拜丈夫，認為他很高尚，認為他的一切都是完美的。

● 海爾茂曾信誓旦旦地說"我常常盼望有樁危險事情威脅你，好讓我拚著命，犧牲一切去救你"。

● 娜拉認為丈夫是一個了不起的高尚的人。但得知海爾茂要辭退柯洛克斯泰竟是因為隨便亂叫他的小名，得知海爾茂對親密的朋友即將死亡不感悲痛反而暗喜時，娜拉發現了海爾茂自私與無情。

● 娜拉原本堅信海爾茂深愛自己，關鍵時刻海爾茂卻對娜拉無情地怒吼和唾罵，抱怨娜拉毀掉了他的幸福。"男人不能為他愛的女人犧牲自己的名譽"，愛情和婚姻只是海爾茂獲取個人利益、名譽的手段，一旦危及到個人利益，他便無情地將其拋棄。娜拉看到了海爾茂虛偽與醜陋。

3. 閱讀下面的句子，感受、分析娜拉在家庭中的地位和權利。

（1）"跟海爾茂在一塊兒有點像跟爸爸在一塊兒。"

（2）海爾茂叫娜拉"我的小鳥兒""小松鼠兒""亂花錢的孩子""不懂事的小孩子""娜拉寶貝""我不要你別的，只要你現在這樣——做我會唱歌的可愛的小鳥兒"。

三、閱讀第二幕，討論下面的問題：

1. 海爾茂說了很多原諒娜拉的話，他為什麼會這樣說？這些話突出了他的什麼性格特點？

（1）"娜拉，我賭咒，我已經饒恕你了。我知道你幹那件事都是因為愛我。"

（2）"你放心，一切事情都有我。我的翅膀寬，可以保護你。"

（3）"難道我捨得把你攆出去？別說攆出去，就說是責備，難道我捨得責備你？娜拉，你不懂得男子漢的好心腸。"

2. 你認為娜拉在她的家裏應該有什麼樣的權利？她如何才能得到這些權利？

3. 娜拉是在什麼情況下決定離家出走的？她是一時衝動嗎？她為什麼這樣對丈夫說：

> 現在我只信，首先我是一個人，跟你一樣的一個人——至少我要學做一個人。……什麼事情我都要用自己的腦子想一想，把事情道理弄明白。

提示

娜拉"玩偶"地位產生的根源就在於經濟上完全依附於海爾茂。聽到了海爾茂的責罵美夢破碎，娜拉開始懷疑婚姻、懷疑自己的地位，她想要重新審視自己的信賴和依戀。回顧八年的婚姻生活，自己被當作"玩偶"來消遣，靠給丈夫耍把戲過日子，丈夫從未在正經事情上和自己談過一句正經話、從未從心靈深處去了解自己；她清醒地認識到用喪失獨立人格為代價換來的愛和幸福是經不起考驗的，娜拉的女性主義開始真正覺醒。她不甘於繼續做"玩偶"，她想要成為一個擁有獨立思想、人格和尊嚴的人。娜拉決絕地"拋夫棄子"、離開原本生活安逸的家走向社會，尋求自身價值的實現。

　　娜拉是冷靜、理智的。娜拉在戲的結尾憤而離家出走、砰然把門關上的舉動往往被詮釋為一個自由的女性向男權統治的世界的一種宣戰，代表女性從男權社會、男權家庭中的覺醒。

四、表演朗讀：

全班同學圍坐在地上輪流表演朗讀下面的幾句，相互聆聽，然後討論：

1. 朗讀者的聲音、語調，以及表情、動作如何影響到所表達的意思和聽眾的理解？為什麼？

2. 這幾句話的準確意思是什麼？這幾句話突出了人物什麼樣的性格特點？為什麼？

> 娜拉：你認為我最神聖的責任是什麼？
>
> 海爾茂：要我來告訴你嗎？難道不就是你要對丈夫和孩子負的責任嗎？
>
> 娜拉：我還有其他同樣神聖的責任。
>
> 海爾茂：你沒有，你還會有其他的責任嗎？
>
> 娜拉：對我自己負責。

提示

相同的文字可以有多種演示表達方法。

五、說說寫寫：

1. 劇中的女主角為什麼要離家出走？作品如何細緻生動地展現了當時女性的生存困境？作為讀者，你覺得女主角能不能不走？為什麼？

2. 分析本劇結尾的“一聲門響”所蘊含的意義。這個門是一般的門嗎？這個關門的聲音讓觀眾感受到什麼？

3.2 比較作品：小說《像我這樣的一個女子》

一、作者

　　西西（1938- ），原名張彥，香港著名女作家。出版有散文、長短篇小說、詩集等近 30 種作品。代表作有長篇小說《我城》《鹿哨》《候鳥》，中篇小說集《草圖》，短篇小說集《春望》《像我這樣的一個女子》等。西西善於借鑒、吸納各國的文學形式和技巧，在自己的作品中加以大膽的創新轉化，形成了自己獨特的個人風格，給讀者帶來新穎的閱讀體驗。

課堂活動

作者研究，查找資料回答下面的問題：

1. 關於作家：西西，及其文本寫作的時代社會背景、目標受眾、出版及傳播情況、對讀者的影響是怎樣的？

2. 討論作家的身份認同：在你看來作者是一個什麼樣的人？她和其他作家有什麼不一樣？

二、文本

探究驅動

1. 演示交流：扮演小說中的一個角色，說說他／她的苦惱或快樂？你覺得他／她是一個怎樣的人？

2. 同學評議：看完了表演你們覺得這部作品和身份認同的概念有怎樣的關聯？請舉出作品的例子說明，展開討論。

3. 寫作：請用一個段落，記錄你的看法和評價，300-500 字。

（一）《像我這樣的一個女子》的內容簡介

　　《像我這樣的一個女子》是一位職業港女的內心獨白，作者以第一人稱"我"的敘述角度，生動地展現了一名女性遺容化妝師對愛情既渴望又憂懼的內心掙扎，是西西的成名之作。

小說主人公 "我" 是一名在殯儀館為死人化妝的年輕女子,對愛情充滿了嚮往。但 "我" 非常清楚,殯儀館的化妝師想要擁有愛情的確是一件不可能的事情,因為在這個 "正常社會中" 這個特殊職業不被 "正常人" 接受,成為了 "我" 與人交往、擁有尋常愛情的障礙。當有了一個陽光明亮的男朋友——夏時, "我" 想要向夏公開自己的職業,帶他去看自己工作的地方,但同時,又非常擔心當夏知道了 "我" 給死人化妝而不是給新娘化妝時會驚恐地離 "我" 遠去。

(二) 《像我這樣的一個女子》的藝術特色

1. 第一人稱敘述

《像我這樣的一個女子》像是一篇內心獨白小說。作家運用第一人稱的手法講述故事。 "我" 這個人物,是一個處在社會低下階層的卑微角色, "我" 的聲音也是被習慣和偏見的重壓壓抑著的,所以 "像我這樣一個女子" 是不被人們注意和關心的。在 "我" 要面臨一個重大的決定時, "我" 只有自言自語,講出自己內心的情感經歷來,這也是 "我" 自己不得不做出選擇時要進行的一個自我傾述、自我辯解。讀者從 "我" 的講述中,聽到個體與社會主流差異的聲音,不能不引起震動,引起反思。

2. 對比手法的運用

《像我這樣的一個女子》展開了多層次對照,一層層揭示出深刻的作品主題,從而製造了小說的多重意義。

(1)將 "我" 與夏進行對比:小說一開始就將 "我" 置於與夏的對照中。 "我" 是一個殯儀館化妝師,生活在冰冷的世界,外表蒼白,內心孤獨。夏有正常的職業,生活在陽光與溫暖中,外表健壯,內心快樂。在同一個愛情故事中的兩個角色是如此的不同,形成了鮮明的對比。

(2)將 "我" 與 "他們" 進行對比:小說用第一人稱 "我" 營造出一種 "我" 與眾人的對照,暗示了 "我" 和別人的不同。 "他們" 代表了社會上固有的看法,或者是多數人的聲音, "他們" 把對死亡的原始恐懼轉嫁在承擔有關職業的人身上,歧視、孤立這些人。因此, "我" 與 "他們" 必然是對立的。而 "我" 是當事人,所以 "我" 有許多別人不了解的感受。 "我" 的聲音是有別於主流社會的另一種聲音,是對主流社會的質疑,也是對 "他們" 的不滿。 "我" 不會人云亦云, "我" 相信自己的感受和聲音。這樣的對比,塑造了一個鮮明的女性形象。

(3)將 "我的故事" 與別人的故事進行對比:怡芬姑母的故事、 "我" 父母的故事、小弟與女友的故事、一對殉情自殺男女的故事,同 "我" 與夏的故事形成對照。在這樣的對比中,作品一層層地揭示出了許多社會問題。愛情故事所包含的內容，已經超出了個人生活的範圍，成為一個引人注意的廣泛的社會問題。

（4）將“我”開始的想法和現在的想法進行對比：小說一開始，“我”是自卑的、悲觀的。“我”把自己描述為一個被動地接受命運擺佈的人，以悲觀自責的語氣開始敘述，自敘著一個世俗偏見迫使一對戀人即將分手的悲劇故事，擔心著對方的“魂飛魄散”，只是等待分手的結局。經過了與他人的對比，經過了自己的反思和考慮，“我”改變了。雖然“我”在他人的眼中是一個不適宜談戀愛的人，但是“我”有爭取自己幸福的權利，“我”和所有人一樣擁有獲得幸福、爭取幸福的權利。“我”的聲音漸漸地不再自卑，不再悲觀。“我”以為自己繼承了母親身上的勇氣，能坦然面對死亡，也能面對情人的潰逃。“我”能面對這個世界的種種不公正的現象，所以“我”成為了一個具備勇氣而不畏懼的女子——“我這樣的一個女子”，同樣的一句話，在小說的前後出現已經有了不同的含義。

 課堂活動

思考討論：

1. 這篇小說在敘述上有什麼特色？如人稱、視角、語氣、情感基調、時間等方面的特色。

2. 作為回憶性的敘述，回憶時的“我”與當時（被回憶）的“我”有什麼不同嗎？作為內心獨白，女主人公的內在聲音是怎樣的？

3. 如何理解小說的結尾？

 提示

1. 小說的敘述特點：小說以第一人稱內心獨白講述過去的故事。視角是鮮明的女性視角；敘述語氣是女性化的；情感基調是低沉的；敘述具有現場感。

2. 第一人稱的敘述與聲音：同時存在兩個“我”——回憶時的“我”和當時（被回憶）的“我”。回憶的敘事指向的是過去，但它的立足點在現在。兩個“我”之間就產生了對話，對話中既有認同讚賞、自省自抑，也有質疑反駁、不平反抗。敘述憂傷而不自哀自憐，敘述本身就是一種自我的呈現和展示，意味著心有不甘、有話要說。“我”的低回的敘述充滿了內在的力量，是現代女性追求獨立和尊嚴生活的聲音，是中國或東方傳統女性溫婉、沉靜的聲音，小說最終凸顯了一種“溫柔的力量”。

3. 小說的結尾：這個結尾是一個開放式的結尾。“我”對夏的愛情期盼、渴望，將讀者引入對“我”和夏的愛情結局的思索。

（三）《像我這樣的一個女子》的人物塑造

"我"是一個獨立自強的女性形象。"我"從事著"不用像別的女子一樣靠別人養活的工作"，是一位遺容化妝師。"我"和"怡芬姑母"從事極少有人願意去做的為死者化妝的工作，這種社會身份的邊緣化使得話語權也趨向邊緣性、排斥性以及社會的不認可性，因而面臨著物質（職業）和精神（情感）上的雙重打壓。與此同時，她們的話語權也受到社會權威的屏蔽，被男性主流社會否定或剝奪。"我"在講述的過程中，完成了對自己的自省，完成了自我身份的確立，完成了對自身價值的認同，解決了自己內心的畏懼。小說的結尾，儘管"我"還是擔心著與戀人訣別的結局："夏是快樂的""而我心憂傷"，但是"我"的內心自有信念和勇氣，"原是誰也不必為誰魂飛魄散的"。由於女性從事的特殊職業，使"我"變成了社會中被邊緣化的群體，不為大眾接受。但"我"對生活有著堅韌的態度，嘗試征服或改變自己的命運，以一種女性獨立人格的姿態出現。

課堂活動

討論交流：

1. 在傳統的性別觀念中，女性從事的哪些職業易被社會接受？哪些不被認可和接受？在當今的社會中，還有這樣的分工不平等嗎？

2. 西西的小說如何展現出性別與職業的不平等的社會問題？

提示

  西西通過對於殯儀化妝師這樣的職業女子人生經歷的書寫，反省了現代女性更為複雜的生存處境：她們選擇的工作將決定她們的命運。

　　"我還應該責備我自己從小接受了這樣的命運，從事如此令人難以忍受的職業。世界上哪一個男子不喜歡那些溫柔、暖和、甜言的女子呢？而那些女子也該從事那些親切、婉約、典雅的工作。但我的工作是冰冷而陰森、暮氣沉沉的，我想我個人早已也染上了那樣的一種霧靄，那麼為什麼一個明亮如太陽的男子要娶這樣一個陰鬱的女子呢？當她躺在他的身邊，難道不會想起這是一個經常和屍體相處的一個人，而她的雙手，觸及他的肌膚時，會不會令他想起，這竟是一雙長期輕撫死者的手呢？唉唉，像我這樣的一個女子，原是不適宜和任何人結婚的。"

　　殯儀化妝師這樣的職業女子，她們的愛、她們的命運，與她們的性別密切相關。小說探索了現代女性的生存真相問題。

　　過去，"我的父親正是從事為死者化妝的一個人，他後來娶了我的母親。當他打算和我母親結婚的時候，曾經問她：你害怕嗎？但我的母親說：並不害怕。"可是，現在，像我這樣一個女子變為"為死者化妝的一個人"，男人們會失魂落魄而逃，如那個拿著鮮花來赴約的夏。時代的進步，並沒有改變男女不平等的地位。

　　這是現代社會中女性的不平之聲。因為表面上看，現代社會裏男女不平等現象已經不復存在，但事實上，在人們意識的深處，傳統價值觀念下對女性的規範並未被消除，要求女性"從事那些親切、婉約、典雅的工作"，哪一個完美的社會能夠提供呢？西西藉此敘事揭示了現代男女平等的虛偽性。

4 時間與空間

探究驅動

班級討論：本單元兩部文學作品是在怎樣的文學背景下創作和被接受的？

一、作品的時空背景

（一）《玩偶之家》的創作背景

《玩偶之家》的創作背景是在女性主義思想的啟蒙時期。女性主義運動的第一次高潮發生在 19 世紀下半葉到 20 世紀初期，是英美等國的婦女爭取投票權與公民權的社會運動。

易卜生的《玩偶之家》的創作在此運動高潮之前，屬於女性主義的萌芽時期。戲劇反映了啟蒙運動下的女性覺醒，通過家庭的內部矛盾，展示了父權制下女性的悲哀。在父權體制下的家庭生活中，女性是丈夫玩弄的"玩偶"，沒有地位和權利。覺醒後的娜拉認為女人不是"玩偶"，是可以走出家庭的獨立女性。因此《玩偶之家》的創作可以說是深受當時社會背景的影響，其故事結局也可以為後來的女性所尋求的精神解放埋下伏筆。

（二）《像我這樣的一個女子》的創作背景

《像我這樣的一個女子》的創作背景是在女性主義思想的發展時期。女性主義運動在當今世界方興未艾，越來越多的女性開始了解並加入這一場跨越國家、種族和意識形態的運動。

20 世紀以來，以女性作為主體的思想系統，打破了女性在社會上處於弱勢的狀況。女性主義運動蓬勃發展，以女性為中心開展了推動女性權利，批判社會中性別不平等的權力和利益關係，維護女性在政治、經濟及社會上應有的角色地位和形象的運動。

　　香港是一個國際大都市，經歷了英國殖民統治後回歸中國，呈現了一種中西文化共存的狀態，西方的兩性平等觀念和中國傳統固有的男女角色定型觀念共同存在。總體上來說，香港女性受教育和就業的機會與男性均等，女性擁有自我意識，可以走出家庭選擇自給自足的生活方式。但女性在社會上處於弱勢或邊緣的地位，女性的性別決定了她們在選擇職業和婚姻時沒有真正的性別平等和個人權利。

　　《像我這樣的一個女子》反映了當代女性尋求生存空間的艱難歷程。女性從家庭走向社會，從由人供養的“玩偶”到自食其力的職業女性，從依附於男人到自身獨立，境遇發生了巨大的變化，但在城市文明背景下，傳統價值觀念和道德觀念與新的價值道德觀念依然相互糾纏。優秀的文學作品具有新的思想價值，表現了追求獨立自主的女性的命運遭際，激發讀者關注和思考現代人如何尋求性別之間真正的平等，探討女性生存狀況。

二、文本的傳播與接受

（一）《玩偶之家》的傳播與接受

　　經典文本的傳播接受與社會文化現象密切相關：一百年前，《新青年》以“易卜生專號”的形式，將《玩偶之家》帶到中國，振聾發聵地掀起一股女性解放潮流。一百年後，這部作品繼續在中國的舞台上演。

　　和百年前不同，今天的女性，擁有獨立的社會地位和經濟權利，“娜拉”們出走後不再會有衣食不保的危機，但是現代女性面臨著越來越複雜的生存問題。性別平等、女性獨立仍是一個值得關注的社會話題，過去如此，現在如此，將來也會如此。正因為如此，這部經典劇作，繼續有人表演，繼續有人研究，這就是經典的魅力。

　　《玩偶之家》對中國文學作品有深遠影響：《玩偶之家》中表現出的女權主義思想對中國文藝的影響延續至今。

- 1907 年魯迅在《河南》月刊上發表評論，積極引進並翻譯易卜生的作品。
- 1918 年 6 月陳獨秀主編的革命刊物《新青年》發行“易卜生專號”，很多《玩偶之家》譯本出現。
- 1923 年，魯迅曾就這個話題在北京女子高等師範學校發表演講，在他看來，只有獨立的意識，而沒有獨立的經濟權，娜拉出走之後大概只有兩條路，不是墮落就是回來。

- 1925 年，魯迅創作了小說《傷逝》，在《玩偶之家》的思想基礎上以"子君"的悲劇繼續探討女性解放的話題。劇中的女主角子君說出了驚天動地的一句話——"我是我自己的，他們誰也沒有干涉我的權利"。子君是中國的"娜拉"，在子君的身上可以看出"娜拉"的自由意志和獨立精神。

- 20 世紀 80 年代，香港作家亦舒沿用《傷逝》中的男女主角名字，創作了小說《我的前半生》。"前半生用來結婚生子，後半生用來奮鬥創業。"在這裏，娜拉出走之後有了除墮落和回來之外的第三條路。

- 20 世紀 90 年代由這部小說改編的同名電視劇《我的前半生》上演，引發了眾多的關注與討論。

（二）《像我這樣的一個女子》的傳播與接受

作為香港本土最重要、最具代表性的作家之一，西西被譽為"香港的說夢人"，創作了一系列抒寫港人港事的文學作品，呼應社會現實，緊貼時局變遷。

1983 年，短篇小說《像我這樣的一個女子》獲聯合報第八屆小說獎之聯副短篇小說推薦獎，在兩岸三地的讀者中廣為傳播。2011 年西西被香港書展推選為"年度作家"，以表揚她過去半個世紀在文學創作上的傑出成就和貢獻。

作為一名嚴肅的女性文學作家、華人文學大家，西西和她的作品受到當下年輕讀者越來越多的關注和青睞。

 課堂活動

一、思考討論：

1. 如果你是一個導演，今天在你把《玩偶之家》搬上舞台上演出時，你必須做出什麼決定才能使場景劇情與現代觀眾相關？才能讓觀眾喜歡觀看？

2. 女性在婚姻中的角色及社會地位與生存困境的問題，在當代有沒有過時？請舉例說明。

二、課堂演練：

從《玩偶之家》和《像我這樣的一個女子》中各選出一個40行的段落，進行朗讀表演：

1. 比較兩個不同時代的女性人物，在作品中發出了怎樣的女性自己爭取平等和獨立的聲音。

2. 比較兩個作品採用了什麼手法，刻畫了怎樣的女性的形象，分析作品對女性內心世界的呈現方式。

3. 說說過去和現代，東西方女性人物為追求獨立和尊嚴生活時發出的聲音有何相同與不同。

提示

娜拉的宣言，清醒地表明要擺脫婚姻的桎梏；堅定、明確、不卑不亢；聲音是響亮、有力的。"我"的心緒跌宕起伏、忐忑不安，充滿了矛盾掙扎，聲音被壓抑，是溫婉、沉靜、頑強的。

三、思考寫作：

1. 你認為《玩偶之家》這部戲劇被創作至今，人們對女性在婚姻中角色與地位的看法發生了什麼變化？這種變化還會繼續下去嗎？為什麼？

2. 從《像我這樣的一個女子》這部作品中你對當代香港女性關於婚姻的看法有了哪些了解？

3. 文學作品的內容和意義可隨著時代的變化而變化嗎？比較兩部你學過的作品，回答這個問題。

5 互文性

探究驅動

搜集數據，分析《玩偶之家》對社會觀念和文學文本創作所產生的影響。

提示

易卜生的《玩偶之家》被稱作"婦女解放運動的宣言書"，挑戰了婚姻關係中男女的不平等，也鼓勵女性自我覺醒。從女性文學理論的角度解讀文本，可以清楚地看到此作品對資本主義制度下婚姻關係中男權中心思想的控訴，以及對女性為了找回失去的獨立和尊嚴所進行努力的肯定。

19世紀的英國維多利亞時代，女王當政卻女權低落。女性婚前是父親的財產，婚後則是丈夫的財產。尤其是中產階級的女性，成為了家裏好看的裝飾品。《玩偶之家》便是在這樣的背景中創作出來的。

女主角娜拉是海爾茂豢養的寵物，"我的小鳥兒""小松鼠兒"，每天要打扮得宜、唱歌跳舞以博丈夫歡心。婚前，她是一個乖巧的女兒，無條件聽從父親的安排；婚後，她是一個溫順的妻子，為救丈夫性命不惜偽造簽字貸款。這樣一個單純、善良、溫柔、順從的娜拉，在經歷沉重的打擊後，意識到在婚姻制度裏，自己不過是"玩偶""傀儡"，最終走上了"拋夫棄子"、離家出走去追尋平等獨立的道路。

課堂活動

一、思考討論：

1. 《玩偶之家》對中國的戲劇發展產生了怎樣的影響？

> **提示**
>
> 　　《玩偶之家》是根據一個真實的女性故事而寫成的一部關注婦女問題的傑作。劇本發表後引起巨大社會反響，演出經久不衰，備受好評。五四時期，《玩偶之家》被介紹到中國，娜拉的覺醒和出走所觸及的社會及家庭問題在廣大青年尤其是女青年中引發了廣泛爭論。1935 年，中國幾大城市競相上演《玩偶之家》，盛況空前，這一年因而被稱為"娜拉年"。作品在當時掀起了討論的熱潮，引起了很大的爭議，可見，作家不僅僅開闢了關照社會現實的劇作先河，而且也引領了對當時重大社會問題的思辨熱潮。
>
> 　　《玩偶之家》催生了中國的戲劇。很多劇作家模仿《玩偶之家》創作中國的"社會問題劇"，胡適、歐陽予倩、田漢、郭沫若以至後來的曹禺等都受到這部作品的影響。胡適的《終身大事》創作出了中國戲劇史上第一個娜拉式的女性人物。
>
> 　　五四時期，大眾普遍把《玩偶之家》這個戲的主題解讀為宣傳婦女獨立和個性解放，人們關注"娜拉走後怎樣"的問題。有感於這樣的問題討論，魯迅創作的小說《傷逝》中子君就是出走之後又回來的"娜拉"。

2. 討論下面的話題，在班級進行交流：舉例說說在你讀過的文學作品中，哪些作品的女性人物和《玩偶之家》的女主角有相像之處？

> **提示**
>
> 　　《玩偶之家》和曹禺的《雷雨》是 19-20 世紀同一時期女性意識覺醒的代表作。儘管兩部作品的創作年代和社會背景、文化背景有所不同，但女性意識覺醒的描寫卻有相似之處。此後文學作品中的女性形象，可以看作是對娜拉和蘩漪這兩個文學形象的進一步發展。如西方文學中列夫·托爾斯泰《安娜·卡列尼娜》中的同名女主人公，瑪格麗特·米切爾《飄》中主人公郝思嘉，中國作家魯迅的小說《傷逝》中的子君，巴金《家》中女主人公鳴鳳，張愛玲《傾城之戀》裏的白流蘇等。

3. 在你看來哪些作品在主題意蘊方面和《玩偶之家》有相似關聯之處？

> **提示**
>
> 　　《玩偶之家》因其女性思想而聞名中外，"女性主義"也因《玩偶之家》這部劇作被更多的人熟知。《玩偶之家》對西方和中國的文學創作都產生了深遠的影響。主人公"娜拉"作為一個女性解放的象徵，影響了無數女性走上反對男權社會，爭取獨立的道路。

二、創作：

　　小組合作，創作一個與《玩偶之家》或者《像我這樣的一個女子》在主題意蘊、情節結構、人物形象、語言風格等任何一個方面，構成互文關係的作品，體現自己對互文性的理解。

6 全球性問題：政治、權力和公平正義
女性在婚姻中的角色及社會地位與生存困境

女性的婚姻、女性的社會地位與生存困境，歷來是被人們普遍關注的問題。作品以獨特的藝術手法描寫了女主人公娜拉在男權社會中的"玩偶"地位，揭示了女性在被當作"玩偶"的家庭生活中的生存困境。這個問題，無論是在19世紀還是在現在，都普遍存在，具有廣泛的社會意義。

《玩偶之家》塑造了娜拉的形象，全劇揭示了男權社會中女性在婚姻中的角色、地位，展示了女性的生存狀況，暴露出"美滿婚姻"的真相。

課堂活動

一、思考：

1. 婚姻雙方能彼此平等、相互尊重嗎？在現在的家庭中，會出現這樣的現象嗎？現在的女性如果遇到同樣的情況，男女雙方會怎樣？

2. 如果你是娜拉，你會出走嗎？為什麼？你會去哪裏？

二、討論：

女性的婚姻狀況、女性的社會地位與生存困境這個問題在《像我這樣的一個女子》的文本中是如何呈現的？

提示

隨著時代的發展變化，文學作品中對於女性的婚姻、社會地位、生存困境的問題的呈現有了變化和發展。一方面是在內容上，更具有時代性和社會性，另一方面是在呈現的方式上也更加多種多樣。

　　西西是香港本土最具代表性的作家之一，她的小說《像我這樣的一個女子》，把女性作為書寫主體，憑藉其特殊的生活體驗，細膩地描寫了女性的婚姻、社會地位、生存困境以及對生活選擇的情景。通過一個在愛情與生存中掙扎的女性的遭遇，展現出西西對於女性問題的關注以及思考。與《玩偶之家》通過19世紀的女性在家庭生活中追求平等地位的生存困境來展現女性意識覺醒的內容不同，《像我這樣的一個女子》反映的是20世紀香港大工業化時代的環境中，具有了獨立意識的職業女性渴望擺脫“第二性”的地位，做與男性平等的“人”，但在以男性為主宰的社會主流觀念下，她們的社會身份被抗拒、排斥，職業女性受到男性社會的歧視，被邊緣化。在具有現代性意識的敏感女性身上，女性的婚姻、社會地位、生存困境顯得更為突出。西西藉助社會身份及性別身份宣告女性意識的覺醒，探討當代女性的生存尷尬的社會問題。

　　女權主義經過上個世紀幾次運動取得了巨大發展，而隨著時間推移，隱蔽的新的矛盾逐漸顯露，當代女性所面臨的一些困擾也是前所未有的。各種物質與精神的困境，性別差異的生存處境問題、職業生存觀、愛情觀等令她們的生存處境陷入尷尬，這些在女性作品中得到了關注與呈現。

7 評估演練

一、P1 評論寫作評估演練引導題

1. 閱讀魯迅的小說《傷逝》，分析作品中的人物塑造以及主題意蘊。

2. 從《玩偶之家》這部作品的字裏行間，讀者可以得出對 19 世紀晚期劇本創作時挪威婚姻的什麼見解？

3. 在怎樣的程度上你認為這個文本是一個女性主義文本？請用單元學習的內容加以解釋。

4. 小說和戲劇文本各自以何種方式傳遞出對女性社會地位、婚姻角色的關切與探討？

二、IO 全球性問題闡述評估演練引導題

1. 從《玩偶之家》和《像我這樣的一個女子》中各選 40 行，聯繫女性的婚姻角色、權利義務的全球性問題，完成下面的練習：

（1）分析和評論兩部作品中女主角的生存困境和她們的遭遇。

（2）分析評論兩個文本各自採用了怎樣有效的藝術手法，呈現出女性的經濟地位與社會地位的全球性問題。

（3）在你學過的其他的文本中有沒有涉及到同樣的全球性問題？請針對兩個文本的特點及其對全球性問題的呈現手法，進行分析評論。

2. 比較娜拉和張愛玲《傾城之戀》裏的白流蘇這兩個女性形象。以一部文學作品為例，闡述你的觀點：女性主義作家一定是女性嗎？

> **提示**
>
> 　　為了生存的走出與走回家庭：白流蘇採取了走回家庭的方式，看上去她們的舉動截然不同，而根本原因卻是一致的，娜拉是在半覺醒狀態下意識到了自己必須反抗，找回自我的真正價值，所以勇敢地走出家庭去尋找屬於自己的天地。而白流蘇是清醒地意識到了在那時的中國社會，像她這樣的女性是不可能擺脫附屬地位的，她必須去尋找一個婚姻，一個能讓她生存下去的婚姻也是她最基本的要求。

3. 不同時期的女性文學作品用什麼方法來達到相同的目的？

4. 觀看戲劇《玩偶之家》和電影《傷逝》，比較兩部作品採用了哪些不同的手法技巧表達出相同的全球性問題。

三、P2 比較分析評論評估演練引導題

1. 閱讀作品，討論作者如何通過語言文字在作品中表達出人物和作者自己的身份認同。

2. 以本單元學過的兩個文本，比較戲劇劇本和小說文本各自以何種方式反映其主題意蘊？

3. 敘述者的角度和觀點對讀者產生怎樣的影響？

4. 你認為未來人對"母親"和"妻子"的角色會有怎樣的描述？這些描述和我們現在的定義一樣嗎？可能會有哪些主要的差別呢？

四、HL essay 高級課程論文評估演練引導題

1. 閱讀魯迅的《娜拉走後怎樣》與《傷逝》，評論小說《傷逝》中子君的形象。通過對文學作品的分析，展望一下一百年後"性別平等"的情形。

2. 閱讀一篇女性文學作品，討論文本中男女使用的語言有何不同？文本是如何描寫男性和女性的？談談作者對人們表達自己的身份認同有何看法？

Unit 2
單元二

※ 單元目錄

※ 學習目標

- 學習分析時代社會和個人的文化背景如何影響文本的書寫和接受。

- 寓言小說如何使用象徵和諷喻來影響讀者的閱讀接受？

- 不同時期地域的動物寓言作品，在表現政治主題批判現實方面有共同的效用嗎？

① 核心概念：創造力

　　創造，是指將兩個以上的概念或事物按一定的方式聯繫起來，獨創出前所未有的、新穎的、有用的精神及物質產品。創造是一項複雜的人類活動，能給人類社會帶來有價值的貢獻。

　　創造力，指產生新的思想、新的觀念、發現新的規律、創造新的事物的能力，是人類不斷追求真理、不斷發展的精神和行為。創造力，是能夠產生新的、有用產品的能力，這種能力是一個社會生存的命脈。創造力可以視為一個人的心智能力，創造力也是解決問題的能力，每個人都可以擁有，只是程度可能不同，這種能力是可以培養的。

　　創作優秀的文學作品，需要作家驚人的創造力產生超常的構想，才能創作出對人類文明有重要貢獻的精神成果，表達對事物具有不尋常的獨特見解；閱讀優秀的文學作品，同樣需要讀者運用創造力，才能具有創造性地對文本做出原創性闡釋，解決閱讀過程中的問題，對作品的意義進行新的再創造。

 思考判斷

請根據自己的理解向其他同學解釋下面的各項陳述：

1. 創造力不僅需要某種專業的技能、想象力，更需要創造的動機，有時也和條件、環境密切相關。

2. 作家的創造力來自於作家的想象力和他的使命感，作家的使命感就是他的創造動機。

3. 作家必須具有創造力，才能創作出具有原創力與豐富想象力的作品。

4. 讀者需要創造力，才能發現、理解文本具有的原創力與想象力，解讀文本的內涵意蘊。

5. 解讀文學文本的意義就在於讀者可以運用想象力與文學文本進行互動，創造出文本的意義，給人類社會帶來有價值的貢獻。

討論交流

　　細讀下面的陳述，說明你的觀點，並舉出一些例子加以說明。在班級分享你的觀點。

> 1. 學習者必須有求知慾和好奇心，不斷培養敏銳的觀察力和豐富的想象力，才能提高自己的創造力。
> 2. 你認為一個讀者怎樣才能做到：對文本的詮釋不是人云亦云，而是能舉一反三，做出具有創造性的原創闡釋，提出新的觀點？

歸納條理

　　請根據下面的題目說說自己的觀點，要舉出你所學過的作品實例，並用一段文字記錄下來：

　　閱讀文學作品的過程中，讀者的原創力與想象力必不可少。

2 文學理論：馬克思主義文學理論

　　馬克思主義文學理論，指的是馬克思主義學說中有關文學的本質、特徵、發展規律和社會作用的原理和原則。馬克思主義文學理論被看作是以一種總的歷史哲學為基礎而發展變化的世界觀與方法論，是用來觀察時代歷史的一種理論分析工具。馬克思的文學批評包含了人類學、政治學、意識形態以及經濟學的內容，具有社會批評、文化批評的特點。

　　西方馬克思主義理論的一個特徵就是重視文學與政治之間的關係，政治話語成為馬克思主義文學理論話語的基本成分。政治所指涉的是社會的制度，批評作為一種社會行為，必然會受到當時的政治制度制約。馬克思主義文學理論強調社會存在決定社會意識，文學作品屬於意識範疇，一部文學作品能相對獨立存在，並在某種程度上影響人們的意識形態。因此，在理解文學作品的時候要看到其社會、歷史和文化背景，而不應該把文學和歷史以及社會政治分割開來。

　　馬克思主義文學理論的要點：

　　1. 文學和社會經濟、政治背景之間存在著必然的聯繫。文學藝術的產生、存在和發展是人類社會歷史過程的一部分，只有放在同經濟基礎和其他意識形態交互作用的歷史關係之中才能得到理解和解釋。

　　2. 高度重視文學藝術的社會功能。文學藝術屬於由經濟基礎決定的上層建築中的意識形態，而上層建築會反作用於經濟基礎，文學藝術具有改造現實、推動歷史進步的社會功能。文學作品具有使人掙脫異化的人性解放功能，文學藝術有審美功能、心靈撫慰功能、道德培育功能等。因而要高度重視文藝作品的政治功能與思想傾向，重視文學藝術批判現實、改造現實的社會功能。

　　3. 思想內容與藝術形式的統一。文學創作要尊重藝術本身的規律，做到思想內容與藝術形式的統一，反對抽象化、概念化、只顧思想內容不顧形式的非藝術化傾向。提倡創造"典型環境中的典型人物"。

 **討論交流**

1. 馬克思主義的文學研究方法如何能挑戰傳統經典作品？

2. 作者的政治信仰和思想價值觀念如何影響文本的創作？

3. 在文學文本中如何展示當時的社會政治制度？

4. 作家在文本中如何進行批評？

5. 作家的政治觀點態度對改造現實、推動歷史進步有何積極作用？

3 作者、文本與讀者

3.1 研讀作品：動物寓言諷喻小說《貓城記》

一、作者

老舍（1899-1966），原名舒慶春，字舍予，另有筆名絜青、鴻來、非我等。滿洲正紅旗人，生於北京，中國現代著名小說家、文學家、戲劇家，有"人民藝術家"的稱號，著名的作品有《駱駝祥子》《四世同堂》《茶館》等。

課堂活動

1. 查找資料，了解作者生平及其寫作的背景。將老舍的主要作品列表。

2. 為什麼老舍被稱為"人民藝術家"？請利用網絡，查找資料，做出自己的解答。

3. 小組討論：專業技能、想象力、創造動機、創造條件、創造環境，在你看來，老舍的文學創造力和前面哪幾項的關聯最為密切？為什麼？

二、文本

探究驅動

　　以小組為單位，觀看政治諷刺漫畫，說說作品中如何運用象徵諷喻的手法表達對政治的諷刺批判。

> **提示**
>
> 　　"諷喻"（allegory），是一種修辭手法，就是用比喻的方式達到諷刺的目的。諷喻，作為一種語言方式，經常被用於各種文學作品，如詩詞、對聯、小說中。一般是藉故事作比喻，說明道理，進行諷刺譴責和批判。

　　在動物寓言式諷喻小說中，故事大多是誇張的、怪異的，甚至是荒誕不經的。以動物為主角的故事本身就起著一個比喻的作用，以明喻或者是暗喻的方法，象徵性地"暗示"某種政治制度的荒謬性。這類小說所追求的並不是故事的真實性，而是以"喻"的方式達到諷刺批判的目的。

課堂活動

一、請利用網絡，查找資料了解《貓城記》這個文本的寫作背景，回答下面的問題：為什麼說《貓城記》是一部超越時代的作品？

二、討論：作家的創造力。

　1. 你認為作家老舍為什麼要選用這種小說形式？

　2.《貓城記》有怎樣的原創力與想象力？具體表現在哪些方面？請舉例評說。

　3. 以你為例，說說《貓城記》如何調動了讀者的想象力與創造力？

（一）動物寓言諷喻小說的文體特徵

《貓城記》是一部生動有趣的動物寓言政治諷喻小說，以動物寓言來表達政治主題，揭露批判社會黑暗，批判國民性，蘊含了作家老舍對黑暗現實的憤怒、痛苦、絕望，以及冷峻的理性思索和批判。老舍把犀利深刻的批判寓於嬉笑怒罵之中，用詼諧俏皮的調侃使民族劣根性的眾生相躍然紙上。小說以寓言體的形式寫成，充分發揮了動物寓言的諷喻功能，具有構思奇妙、主旨深刻、語言犀利的藝術特色，不僅深化了主旨，更給讀者帶來豐富想象力與創造力的藝術享受。

通過講述動物的故事來諷喻人類文明的小說題材在西方並不罕見，如喬治·奧威爾的《動物莊園》、卡夫卡的《變形記》等。在 20 世紀 30 年代，《貓城記》的出現可謂開現代文壇長篇動物寓言諷喻作品之先河。

（二）《貓城記》的內容簡介

《貓城記》以第一人稱的敘述方式，用誇張諷刺的筆法，講述"我"作為一個地球上的中國人，在火星上的"貓人"國家歷險、觀察和體驗，展示了貓國病入膏肓的政治、經濟、教育、文化百態及社會情狀，揭露了貓人愚昧、懶惰、自私、麻木、敷衍、兇殘、欺軟怕硬的劣性。最終貓國在"矮人"國軍隊入侵下亡國滅種。

（三）《貓城記》的藝術特色

1. 虛實相生、構思奇特

小說虛擬了一個詭異荒誕的世界——火星國家、貓人社會，運用想象與現實顛倒對照、扭曲變形的手法，映射千瘡百孔的舊中國社會。以貓人喻國人，揭示了當時社會政治、軍事、外交、文化和教育各方面的愚昧、落後、麻木和苟且，導致必然滅亡的嚴峻殘酷後果。

2. 象徵諷喻、尖銳強烈

《貓城記》通篇以象徵手法貫穿始末，虛構的火星國家"貓國"與真實的舊中國現實社會有著密切的對應關係。《貓城記》中的貓具有象徵意義，在他們身上集中了作者對一個時代人類的生存本質和精神本質的隱喻。"迷葉"，是貓人須臾不得離開的食糧與毒品，指代殘害國人一個多世紀的鴉片；麻木不仁又愚昧無知的"貓人"，影射國人的劣根性；"外國人"代表著外來國家和文化的強勢入侵者；"大蠍"是國人中有權有勢的貴族的代表，"小蠍"代表國人中部分覺醒的年輕人；"大鷹"代表國人中的少數先驅者，等等。

作家運用傑出的諷喻技巧，設置荒誕的情節、荒誕的角色，寫出了荒誕不經的故事，給讀者以新異大膽的感受。如，對貓國懼外心理的極度輕蔑和嘲弄，"外國人咳嗽一聲，嚇倒貓國五百兵"。又如，對貓國教育的自欺欺人和名存實亡的諷刺，校長在畢業典禮上說："此次畢業，大家都是第一，何等的光榮！現在證書放在這裏，諸位隨便來拿，因為大家都是第一，自然不必分前後的次序。"以誇張突顯荒誕，以詭異至極、荒謬絕倫表現強烈的諷刺、尖銳的批判。

3. 語言風格黑色幽默

在《貓城記》這部作品中，老舍沒有像以往那樣使用過多的北京方言，而是結合了西方烏托邦式怪異荒誕、充滿鬧劇色彩的寫法，有意識地呈現出一種調侃的語言風格。《貓城記》的幽默是帶有悲劇色彩的幽默，以扭曲投射的方式，反映時代、社會的渾沌與錯亂的荒誕，對現實社會進行顛覆與嘲弄，讀者會被作者風趣活潑的言語所逗笑，但是笑過之後則生出無盡的心酸與沉痛的哀愁。作品的字裏行間流落出一種無奈、絕望的悲劇色彩。語言顛覆、展現荒謬、批判社會腐敗頹唐，豐富了小說的蘊意，拓寬了主題的廣度與深度。

例如："我們為什麼組織這個團體呢？因為本地人的污濁習慣是無法矯正的，他們的飯食和毒藥差不多，他們的醫生就是——噢，他們就沒有醫生！"運用一種突然轉折，造成引人注意的突出效果，類似於相聲中的抖包袱的效果，令人發笑。

又如："政府下了令：禁止再吃迷葉。下令的第一天午時，皇后癮得打了皇帝三個嘴巴子，皇帝也癮得直落淚。當天下午又下了令：定迷葉為國食。在貓史上沒有比這再光榮再仁慈的……搶案太多了，於是政府又下了最合人道的命令：搶迷葉吃者無罪。這三百年來是搶劫的時代，並不是壞事，搶劫是最足以表現個人自由的，而自由又是貓人有史以來的最高理想。"把統治者出爾反爾，利令智昏的嘴臉刻畫出來，令人發笑也讓人無奈與難過。

"這個文明快要滅絕！……文明是可以滅絕的，我們地球上人類史中的記載也不都是玫瑰色的。眼前擺著一片要斷氣的文明，是何等傷心的事。"

作者用幽默語言淋漓盡致地揭露社會的黑暗與腐敗，隱藏著作者對於存在的深邃、沉重的思考。這種幽默可以稱得上是黑色幽默。

課堂活動

思考討論：

1. 作者為什麼要虛構一個貓城？貓城在哪裏？城中的人和事有什麼特點？

2. 作品中如何使用了象徵諷刺的手法？象徵諷刺了什麼？請根據自己的理解填寫下表。

小說中的人物 / 事物	象徵意義
貓人國	
迷葉	
大家夫斯基	
外國人	

提示

迷葉，貫穿著全文始終。這個使貓人須臾不得離開的糧食替代品，發揮了巨大的毒害作用，是貓人社會走向衰敗的一個重要因素。它作為藥物能醫好個人卻治死了國家，正是殘害我們國人一個多世紀的鴉片的縮影。

大家夫斯基，貓國的一種"哄"（政黨），主張除了農工貓人全部殺掉，讓人人有飯吃，人人有工做，人人為人人。明顯地，這映射著當時社會上那些打著馬克思旗號的偽共產主義者，但這也反映了作者對主義之爭的看法。

（四）《貓城記》的人物形象

《貓城記》中的人物分成三類：

第一類，是以群體出現的、面孔模糊的"庸眾"，包括政客、外國人、民眾、士兵，他們活在灰、熱、沉悶的"迷葉裏"，是"活在迷葉裏"的人。

大蠍，"他是貓國的重要人物""大地主兼政客詩人與軍官"，妄自尊大、處處迂腐的老貓人，代表著中國封建頑固的殘餘勢力。以大蠍為代表的政客影射了中國的大地主和大資產階級。他們既兇狠又虛弱，對國內平民百姓殘忍壓榨，用盡手段聚斂財富，而在外國人面前，他們卻巴結獻媚，甚至匍匐在其腳下乞求保護。他們正是封建勢力蛻變而成的官僚統治階級的代表。

外國人，在這裏影射西方侵略者。他們武器先進，與官僚勾結壓榨下層民眾，榨取錢財。貓國的法律管不著外國人。外國人咳嗽一聲，嚇倒貓國五百兵。矮兵影射的是日本侵略者。

貓國的民眾又懶又髒，沒有人格，在迷葉的迷醉下沉淪。小說寫到「貓人已無政治經濟可言，可是還免不了紛爭和搞亂。我不知道哪位上帝造了這麼群劣貨，既沒有蜂蟻那樣的本能，又沒有人類的智慧，造他們的上帝大概是有意開玩笑，有學校而沒教育，有政客而沒政治，有人而沒人格，有臉而沒羞恥」，影射了不知道自己思考出路的國人。

貓國的士兵毫無軍人的樣子，被迫當兵只知道拿著棍子搶掠民財，吃迷葉，沒有戰鬥力。

第二類，是小蠍和「我」，被稱為少有的明白過來的人。小蠍是大蠍的兒子，他是唯一的明白人，他受過外國教育，知道自己所有不幸的原因，但迷茫、悲觀、懷疑，似乎看透了一切，卻又無力去抗爭，只好被動地適應他的生存環境。「我」的思想和小蠍相通，有時以自己的想法表達小蠍的想法，是個同小蠍一樣悲觀的人。這類人只在心裏痛苦著，卻沒有作為。

第三類，是以正義、責任為己任的大鷹，他是小蠍的好朋友，作品中唯一值得尊重的貓人。他拒絕迷葉，為了國家利益甘願犧牲個人，做出了「非如此不可」的決定，為國家獻出自己生命，是英雄志士的代表。但最終他的犧牲也沒能挽回貓國的滅亡。

 課堂活動

一、人物形象分析：

　　1. 作品中有哪些角色（人物）？他們之間有著怎樣的關係？你如何評價這些角色？

　　2. 小組活動：請閱讀小說，用文字給每個角色畫像。

人物的姓名、身份？	與主要人物的關係？	典型的言語行為？	性格特點？	代表哪一類型的人？	你喜歡嗎？為什麼？

二、演示交流：

1. 分角色扮演，表演小說的一個片段。體會作品的內容特點和語言風格。

2. 討論評議：看完了表演你們覺得這部作品和你所熟悉的小說在寫法上有什麼不同？作者有哪些原創性和創造力？請舉出作品的例子說明，展開討論。

三、歸納寫作：

請用一個段落，記錄你的看法和評價，300-500 字。

四、以小組為單位，閱讀文本，找出看到的關鍵文本特徵，填寫下表：

文本特徵	作品實例
諷刺	
黑色幽默	
角色設置與相互關係	
語言特色	
象徵寓意	
主要角色的特點	
配角的作用	
結尾	
荒誕	

單元二

五、課堂演練：

閱讀小說討論下面的問題：

1. 老舍用怎樣的文學形式和藝術手法表達他對當時政治的看法？

提示

作者不是直接表達自己對政治的看法，而是借用幻想和寓言小說的藝術形式，通過對貓國的描寫來映射當時中國的現實，表達自己對當時社會從上至下各個階層人和事的強烈不滿。

小說結合了寓言神話和科幻故事的寫作手法，描寫了地球人＂我＂在火星貓國的見聞故事。小說情節新奇有趣，引人入勝，創造了一種陌生化的藝術形式，全書充滿幻想、荒誕和不可思議。這樣的創造，趣味性很強，吸引讀者投入到小說的故事情節中去。作者的獨具匠心，讓讀者體驗到種種奇妙的人生感悟。

《貓城記》繼承了中國傳統諷喻文學的寫作手法，借對想象世界的描寫來表達對現實社會的諷刺批判。如，《桃花源記》借描寫想象世界中安居樂業、和平美好，諷刺批判戰亂頻仍、民不聊生的現實。《貓城記》借用對動物的描寫，比喻諷刺人性的淪喪與社會的腐敗。如，《官場維新記》將腐敗的官僚指為猴、狗之輩，批判和揭露社會的醜惡。《貓城記》借用對貓國的想象，諷刺了當時中國的現狀，借用對動物世界的黑暗以及對動物性的描繪，表達了自己對國民性腐敗墮落的批判。

中國現代文學史上，像《貓城記》這樣對國民的人性和本民族種性如此失望、深刻批判的文學作品並不太多。

2. 你認為作品是否具有批判現實、推動歷史進步的社會功能？請根據作品分析作者的思想傾向。

儘管《貓城記》披著荒誕的外衣，虛構了貓人形象，故事發生的地點在人們一無所知的火星世界。但是，《貓城記》仍有其現實根源，人物形象的原型依然可以在現實生活中找到。

《貓城記》從社會的各個領域，從各級統治者到庸民百姓，從軍閥政客到學者學生，從農村到城市，從一國到多國，從政治、經濟、文化、教育、軍事，剖析了現實中國的諸多陰暗面。老舍通過這個作品表達了對中國社會腐敗黑暗、軍閥割據混戰、國共內戰不休、人民麻木不仁、國人自相殘殺而致瀕臨滅族亡國的極度憂憤，以及對於整個社會、國家、文化的命運的擔憂。

貓城是貓國的首都。這裏濁穢、混亂，黑暗是這個文明的特徵。"一眼看見貓城，不知道為什麼我心中形成了一句話：這個文明快要滅絕！"

貓國的教育一團糟，入學就算畢業。"正因為家庭、社會、國家全是糊塗蛋，才會養成這樣糊塗的孩子們。""處處是疑心、藐小、自利、殘忍。沒有誠實、大量、義氣、慷慨！黑暗，黑暗，一百分黑暗。"

貓人對外國人充滿恐懼與膜拜。"矮兵挖好了深大的一個坑。由東邊來了許多貓人，後面有幾個矮兵趕著，就像趕著一群羊似的，趕到了大坑附近，在此地休息著的矮兵把他們圍著，往坑裏擠。"

《貓城記》的字裏行間充滿了對黑暗現實的批判，作者憂心如焚地吶喊，聲色俱厲地怒斥，表現出憂國憂民的情感，起到喚醒民眾對整個社會、國家、文化命運的擔憂，推動歷史進步的作用。

有評論者將老舍與魯迅改造國民性的文學思想相比擬，認為《貓城記》與《阿Q正傳》有某些相同之處，表現出對本民族和國民性的失望和悲哀。魯迅的《阿Q正傳》對國民"哀其不幸，怒其不爭"，老舍的《貓城記》對整個民族和廣大民眾徹底絕望和厭棄。

3. 你認為作品在哪些方面展現出了創造力？請舉例說明。

空間的變換和挪移令故事具有"陌生化"的效果，使得敘事人作為一個貓城人的旁觀者，因觀察的距離可以更為清晰客觀地對種種弊端冷眼解剖、展開批判。

以貓喻人的象徵手法，諷刺了那些冷漠自私、愚昧無知、麻木不仁的國民。如大蠍的虛偽自私，冷漠殘酷，是舊中國大地主階級和官僚階級的代表，他們草菅人命，唯利是圖，為社會之蛀蟲。小蠍則象徵了近代中國清醒而悲觀的知識分子，他清楚地認識到貓國上下的弊病，但作為清醒者他卻不能通過自己的努力去改變國家滅亡的命運。大鷹象徵了作者所處時代的不被世人所理解，為救國救民英勇犧牲的革命先驅。

《貓城記》採用科幻故事與寓言小說的形式及諷刺的手法，深刻廣泛地反映了20世紀初期中國的社會現實與社會矛盾，這種中西結合的創造穿越了時空的局限，即使21世紀的讀者也能感受到那種糾結與傷感，產生強烈的情感體驗與心靈共鳴。

六、朗讀表演：

全班同學圍坐在地上輪流表演朗讀下面的段落，相互聆聽。然後討論：

1. 朗讀者的聲音、語調，以及表情、動作如何影響到所表達的意思和聽眾的理解？為什麼？

2. 這幾段文字的準確意思是什麼？突出了人物 "我" 什麼樣的性格特點？為什麼？

　　天漸漸黑上來；異常的，可怕的，靜寂！心中準知道四外無人，準知道遠處有許多潰兵，準知道前面有敵人襲來，這個靜寂好象是在荒島上等著風潮的突起，越靜心中越緊張。自然貓國滅亡，我可以到別國去，但是為我的好友，小蠍，設想，我的心似乎要碎了！一間破屋中過著亡國之夕，這是何等的悲苦。就是對於迷，現在我也捨不得她了。在亡國的時候才理會到一個 "人" 與一個 "國民" 相互的關係是多麼重大！這個自然與我無關，但是我必須為小蠍與迷設想，這麼著我才能深入他們的心中，而分擔一些他們的苦痛；安慰他們是沒用的，國家滅亡是民族愚鈍的結果，用什麼話去安慰一兩個人呢？亡國不是悲劇的舒解苦悶，亡國不是詩人的正義之擬喻，它是事實，是鐵樣的歷史，怎能純以一些帶感情的話解說事實呢！我不是讀著一本書，我是聽著滅亡的足音！我的兩位朋友當然比我聽的更清楚一些。他們是詛咒著，也許是甜蜜的追憶著，他們的過去一切；他們只有過去而無將來。他們的現在是人類最大的恥辱正在結晶。

　　天還是那麼黑，星還是那麼明，一切還是那麼安靜，只有亡國之夕的眼睛是閉不牢的。我知道他們是醒著，他們也知道我沒睡，但是誰也不能說話，舌似乎被毀滅的指給捏住，從此人與國永不許再出聲了。世界上又啞了一個文化，它的最後的夢是已經太晚了的自由歌唱。它將永不會再醒過來。它的魂靈只能向地獄裏去，因為它生前的紀錄是歷史上一個污點。

　　大概是快天亮了，我朦朧的睡去。

　　當！當！兩響！我聽見已經是太晚了。我睜開眼——兩片血跡，兩個好朋友的身子倒地上，離我只有二尺多遠。我的，我的手槍在小蠍的身旁！

提示

　　相同的文字可以有多種演示表達的方法。

59

3.2 比較作品：動物寓言諷喻小說《動物農莊》

一、作者

喬治・奧威爾（George Orwell, 1903-1950）是英國著名小說家、散文家和社會批評家。在他短暫的一生中，經歷了貧窮、戰爭、顛沛流離和病魔纏身，同時也創作了許多作品。生前他鬱鬱不得志，死後作品引起了重大的反響。

課堂活動

作者研究，查找資料回答下面的問題：

1. 關於作家：奧威爾，及其文本寫作的時代社會背景、目標受眾、出版及傳播情況、對讀者的影響是怎樣的？

2. 討論：你知道這個作家的哪些作品？這些作品如何表現出作家的創造力？

二、文本

（一）《動物莊園》的內容簡介

《動物農莊》講述了馬諾爾農莊一隻名叫老麥哲的豬在提出了"人類剝削動物，動物須革命"的理論之後死去，幾個月後，農莊裏掀起了一場由豬領導的革命，原來的剝削者——主人瓊斯先生被動物莊園裏的動物們趕走。動物們在莊園建立了一個烏托邦的領地，掌管了莊園，頒佈律法，安排工作，分享食物，實現了"當家作主"的願望，動物們嚐到了革命果實，馬諾爾農莊被更名為"動物農莊"，還制定了七戒。不久，雪球和拿破崙兩隻領頭的豬，為了權力而互相傾軋，在一個會議上，拿破崙發動政變，勝利的一方宣佈另一方是叛徒、內奸，將雪球逐出莊園獨攬大權，實行獨裁暴政。豬們逐漸侵佔了其他動物的勞動成果，成為新的特權階級，"所有動物一律平等"的原則被修正為"但有些動物比其他動物更平等"，從此莊園裏動物們又恢復到從前的悲慘狀況，每天都活在剝削專制之下。以拿破崙為首的豬們，則變成了當初莊園主人的模樣。

（二）《動物莊園》的藝術特色

荒誕的情節、荒誕的角色設置，《動物莊園》採用荒誕的手法進行諷刺揭露，整個故事十分荒謬可笑，充滿荒誕色彩。一群動物竟然具有人的智慧，將農莊的主人趕走，建立起了自己的莊園。公豬拿破崙的雜亂統治，反映了現實社會的混亂無章。這樣荒誕不經的事情在現實中根本就不可能發生。正常的寫作手法無法表現作品內容，作品採用了一種違反邏輯的特殊寫作手法。

1. 對比手法

對比法是指將差異明顯、矛盾與對立的兩個主體放在一起，進行對照比較的表現手法。在對照中以一方襯托另一方，從而達到諷刺的效果，也讓讀者能夠分清人物的好壞、善惡。對比這一諷刺手法，在《動物莊園》和《貓城記》中大量運用，二者有異曲同工之處。奧威爾採用事物前後強烈的反差，揭露事情的本質變化，達到嘲諷的目的。

在《動物莊園》中，革命剛剛勝利，動物們制定了"七戒"（1. 凡是兩條腿走路的都是敵人；2. 凡是四條腿走路或者有翅膀的都是朋友；3. 任何動物不得穿衣服；4. 任何動物不得睡在床上；5. 任何動物不得飲酒；6. 任何動物不得殺害別的動物；7. 所有動物一律平等。），七戒的內容是好的。後來，這七條戒律變得面目全非。通過前後鮮明的對比，可以看到革命在公豬拿破崙的統治下發生了本質的變化，由先前老少校提出的民主構想變成了極權統治。

2. 象徵手法

奧威爾通過動物寓言的形式映射當時的政治人物。作品刻畫了醜陋的動物形象，間接諷刺了相關的政治人物，批判了專制政治。

《動物莊園》中主要角色象徵著形形色色的革命角色。拿破崙象徵著極權政治集團的殘暴領袖：他們陰險狡猾、殘暴毒辣，通過各種方式加強自己殘暴的統治，如鎮壓殺戮。雪球象徵著革命中的空想家，他們滿腹理想和才華，卻不能施展。這類人往往被利用、誣陷，最終抱負也在極權的暴力下夭折。少校象徵著理想革命的思想導師，他們提出民主、自由的理念激勵革命人士發動起義，追求美好的政治理想。少校發表的革命演講是夢中想起的兒時母親哼唱的歌曲。這首歌變成了革命歌曲，象徵革命是虛幻的。尖嗓象徵著為極權領袖鼓吹的政客。他們都有很好的口才，具備將黑說成白的本領，在極權領袖身邊，為他們的決定做宣傳和鼓吹活動，通過言論來控制愚昧的大眾，象徵著被極權政治操控的主流媒體。拳擊手一方面象徵了被剝削階級的優秀品質：忠誠、勇

於獻身、兢兢業業的勞動，同時也象徵被剝削階級的最大弱點：愚蠢。他是
"千千萬萬個任勞任怨的勞動者，他們在社會最底層用雙手托起了政治精英們
的野心和夢想，可是最終難逃殺戮的命運"。

（三）《動物莊園》的人物塑造

奧威爾通過小說中動物形象的塑造，影射當時國際上的政治人物，來表達
他對當時國際政治的觀點。

"老少校麥哲"是革命的倡議者和眾動物的導師，"他有一十二歲了，近
來頗有些發福，但他仍不失為一頭相貌堂堂的豬，儼然一位睿智的忠厚長者"。
他的講演表達了所有動物的立場，反對人類的殘酷剝削和血腥屠殺，要求動物
自由平等。映射了 20 世紀許多國家在擺脫帝國主義和殖民主義鬥爭中領導者
的觀點。老少校要造反的對象是動物的統治者——人類。"所有人都是我們的
仇敵。"

"雪球"是老少校的繼承者，一個理想主義者。"雪球較為活躍，敏於言，
點子也多，但大家認為在性格的深度上差點兒。"他具有"共產主義"的理想
主義，受到嫉妒和排擠，在造反和莊園建設的前期對完善和推廣《七戒》起了
很大的作用。後期"拿破崙"奪權成功，他被驅逐出境，永遠離開了動物莊園。

"拿破崙"有著強勢和殘暴的醜惡嘴臉，對動物實行暴力奪權和殘酷統
治，是一位不折不扣的獨裁者。他把"雪球"的功勞據為己有，奪取革命果實
後，借用身邊兇狠的狗對反抗者和懷疑者施以嚴法和酷刑，隨意篡改《七戒》，
利用風車工程賦予自己足夠的特權，任意屠殺其他動物，實施愚民政策，勾結
外敵，肆意妄為。

"拳擊手"體格健碩，憨厚老實，任勞任怨，總是在各種活動中擔當主力。
"拳擊手則是個龐然大物，幾乎有六英尺高，論力氣頂得上尋常的馬兩匹合起
來那麼大。順著他鼻樑長就一道毛色，使他的相貌總有那麼點兒傻裏傻氣，而
他的智能也確實算不上出類拔萃，不過憑著其堅忍不拔的性格和驚天動地的幹
勁，他還是到處贏得大家的尊敬。"不幸的是，他的愚忠被利用，被出賣，在
遲暮之年被"拿破崙"和"吱嘎"毫不猶豫地賣給屠宰場，為豬們換來了又一
箱威士忌。

 課堂活動

一、閱讀作品：

說說作品給你的印象，選擇其中一段細讀分析，以 PPT 的形式在班裏和同學交流，內容包括：

1. 小說人物形象的特點

2. 小說的情節特色

3. 小說的主旨與內涵

4. 小說的手法技巧

二、演示交流：

扮演小說中的一個角色，說說他／她的苦惱或快樂。你覺得他／她是一個怎樣的人？

三、同學評議：

看完了表演你們覺得這部作品和創造力的概念有怎樣的關聯？請舉出作品中的例子說明，展開討論。

四、寫作：

請用一個段落，記錄你的看法和評價，300-500 字。

五、思考討論：

1. 這篇小說在敘述上有什麼特色？如人稱、視角、語氣、情感基調、時空等方面的特色。

2. 作者為什麼要幻想出一個火星的國家？寫這個國家發生的事情對於表達作者對現實的看法有什麼益處？作為讀者，你是怎樣理解的？

六、比較與分析：

兩部動物寓言小說在比喻諷刺手法上，有哪些相同與不同之處？

時間與空間

一、作品的時空背景

（一）《貓城記》的創作背景

　　《貓城記》是老舍 1930 年由倫敦回到闊別六年的祖國後寫的第二篇長篇小說。寫作時間約在 1932-1933 年間。當時中國內憂外患，軍閥政治混戰腐敗，異族的武力侵略和伴隨而來的文化語境的改變，民族岌岌可危。

　　從大洋彼岸的英倫回國不久的老舍，目睹了"九·一八"和"一·二八"事變。作為一個深愛自己民族的現代知識分子，他為日寇的入侵和國民政府的綏靖政策給整個國家帶來的災難和危害而悲憤。老舍希望以筆為武器來揭露現實，鞭撻當時的社會黑暗，揭露軍閥政治和統治者的腐敗，嘲諷麻木不仁、自相殘殺的國人，讓國民充分認識到整個民族生存的嚴峻，從而激起愛國熱情，凝聚民族的力量，解救自己的國家。這就是《貓城記》寫作的時代社會背景。

　　老舍說，他寫《貓城記》的原因，"頭一個就是對國事的失望，軍事與外交種種的失敗，使一個有些感情而沒有多大見解的人，像我，容易由憤恨而失望。"也是基於這樣的原因，老舍選用寓言的體裁，以半人半貓、半現實半幻想、半中國半貓國的隱喻手法，寫下了《貓城記》這篇動物寓言政治諷刺小說。這種題材方便作者更加強烈地表達自己對國事的失望和憤慨，表達面對民族危亡的憂憤之情。

（二）《動物農莊》的創作背景

　　1936 年底，喬治·奧威爾為了保衛共和政府所代表的民主政體去西班牙參戰，卻意想不到目睹了左派內部的生死鬥爭，親身經歷讓他對蘇聯所控制的西班牙共和派表面上代表進步、民主，卻進行政治及人身迫害、思想控制的種種做法感到憤慨。當 1937 年奧威爾死裏逃生從內戰戰場歸來，對蘇聯的大清洗等一系列事件進行了深入的了解，對斯大林統治下的蘇聯集權主義本質做出自己的判斷。

針對 20 世紀 20、30 年代，西方許多左翼知識分子對蘇聯抱以希望和幻想的現實，奧威爾創作了政治諷喻小說《動物農莊》，對極權主義政權政治進行了諷刺揭露與批判。這就是《動物農莊》寫作的時代社會背景。

二、文本的傳播與接受

（一）《貓城記》的傳播與接受

老舍的《貓城記》是一個久受爭議的文本，這個文本的傳播與接受在中西文化語境中的遭遇有著天壤之別。《貓城記》在國內外老舍研究中呈現出兩種截然不同的命運。在國外，《貓城記》得到了美國、日本、法國等諸多學者、漢學家的極力推崇。美國譯者賴爾認為"除了文學價值之外，它作為 20 世紀 30 年代初期社會文獻資料來說，有極大的價值"。在蘇聯，《貓城記》甚至被譽為"老舍文學的代表作，是最好的作品之一"，"中國現代文學史上最優秀的諷刺作品之一"。

相比國外研究者的諸多讚譽，在國內《貓城記》長期陷於爭論、非議的尷尬境地。作者自己也多次自貶，明確表態此為失敗之作。究其根源，主要是作品"生不逢時"，出版在一個特殊的時代背景和社會語境中。作品表達了對舊中國黑暗現實的不滿，對統治者的揭露、對民眾的諷刺、對一個國家民族的滅亡的哀歎。有評論家表示，書中以影射象徵的手法，對馬克思主義、共產黨、紅軍以及學生運動都做了不正確的描寫，尤其是渲染了民眾的落後性，結尾又讓貓人在矮兵的進攻下徹底滅絕。這種情緒對後來中國人反抗日本侵略是有影響的。因為以上原因，作品受到左翼革命理論界的批判，被國內諸多版本的文學史忽略、冷落，並遭到排斥與批判。

只有在當人們摒棄意識形態的鉗制與束縛，重新展開對老舍作品的研究之時，才發現《貓城記》對於歷史和文化批判所蘊藉的意義獨異，特別是它集合諷刺、調侃、嬉戲、滑稽於一身，結合了中國古典小說和西方反烏托邦文學形式，創造出一種民族寓言的文本的成就。

這種現象證明了文學與政治、社會、歷史的關係。

（二）《動物農莊》的傳播與接受

《動物農莊》在 1945 年首次出版。最初斯大林主義的同情者阻礙它的出版，後來對作品開始有一些好評，接著好評如潮，最後是全球範圍的銷售，給予了奧威爾時間和資金，創作他的最後一本著作《1984》。《動物莊園》曾被

《時代雜誌》評為 20 世紀一百本最偉大的小說之一。美國中央情報局將這本書當作粗疏的反俄宣傳工具，1954 年出資將它製作成動畫電影。到 1989 年為止，該書一直被所有斯大林主義國家禁制。今天，津巴布韋、緬甸，甚至一些保守的海灣國家仍在禁止這本書。這種情況，再一次證明了文學與政治、文化的關係。

 課堂活動

一、思考討論：

1. 試想，當時的讀者和現在的讀者對這兩部作品會有怎樣相同和不同的反應或評價？將你們討論的答案，以角色扮演、訪談等形式演示出來，在班級交流。

2. 兩部作品不同的文化和歷史條件對作家創作有什麼樣的影響？

 提示

《貓城記》受到中文文學傳統的影響。

二、寫作：

1. 文學作品的內容和意義可隨著時代的變化而變化嗎？比較兩部你學過的作品，回答這個問題。

2. 在小說中對政治制度諷刺批判這個命題，在當代有沒有過時？會以什麼樣的文本形式呈現？

5 互文性

探究驅動

思考討論：如何從“任何文本都是對另一個文本的吸收和轉換”的角度，看動物寓言諷刺小說在文本上的吸收和轉換？

提示

小說類別眾多，除了寓言小說外，還有科幻小說等。

科幻小說指科學幻想小說，又叫科學虛構小說。科幻小說用幻想的形式、虛擬的角色，交織著科學的預見、想象、事實，虛構出人類在過去和未來世界的物質精神文化生活和科學發展境況，充滿了想象力和創造力。科幻小說滿足、超越了人們對宇宙世界的認知，給讀者以探索的慾望和更為廣闊的想象空間。閱讀科幻小說有益於：培養讀者觀察分析、判斷辯證的能力；激勵讀者對科技進步發展的關注與探究；促進讀者思維發展，提高想象力和創造力。

課堂活動

一、小組討論：

1. 《貓城記》是一部科幻小說嗎？

提示

《貓城記》講述一架飛往火星的飛機，在觸碰到火星時機毀人亡，只有“我”幸存下來。“我”被一群長著貓臉的外星人脅持到貓國，經歷了一番奇遇，見識貓人國中沒落文明的政治、經濟、文化的百態，見證了貓國的滅亡。“我”在目睹貓人國滅亡後，乘法國探險飛機回到地球。整篇小說構築在對火星的科學幻想式背景上。有人根據《貓城記》科幻背景的構築，認為小說是具有劃時代意義的、比《1984》更早問世的一部經典科幻小說，被譽為中國科幻小說的開山之作。

如果從科幻小說可以藉著科幻之表，闡述社會政治思想觀念來看，老舍的《貓城記》可以看作是一部形似科幻小說的作品。小說採用了科幻小說中常用的模糊處理手法，進行了一些以科學為依據的幻想成分的描寫，如，當主人公在貓國都城幫助貓人朋友大蠍晚上看護迷葉時，遇到了兩位能夠代表火星理智生命的外國人說「我們久想和別的星球交通，可是總沒有辦法。我們太榮幸了！遇見地球上的人！」還有這樣的描寫：「兩個一同立起來，似乎對我表示敬意。……他們又坐下了，問了我許多關於地球上的事。」從創意、情節佈局以及一些局部描寫來看，小說具有科幻的影子，但就小說的整體內容來看，《貓城記》和嚴格意義上的科幻小說是不一樣的。

2. 請談談《貓城記》和《動物農莊》與寓言小說、動物寓言小說的關係。

提示

寓言小說，指借小說的形式，通過小說的人物和情節來寄託深刻的寓意，表現批判和諷刺意味的作品。

動物寓言式諷喻小說，指以動物為小說的主人公，採用虛實相生的構思以及荒誕、對比、象徵等多種創作手法，通過動物的經歷與遭遇對當時社會進行鞭撻，表達作者自己對於黑暗的社會問題和政治制度的揭露批判，以動物寓言故事的形式表現政治主題。作者用寓言小說的文體，採用虛實相生的手法，通過對幻想世界的描寫，揭示諷刺現實社會的問題，對當時的政治制度、國民性進行批判。

寓言小說充分發揮了寓言的優勢，想象天馬行空，意象荒誕奇譎，可以營造出超越現實世界的虛妄之感；寓言體小說採用寓言的外形，便於表達更加真實深邃的主題意蘊。寓言與小說結合，給讀者帶來陌生化的審美感受和曲徑通幽的閱讀體驗。

3. 想想看，本單元兩部作品創作者的思想之間有怎樣的聯繫？

提示

對社會政治的關注、對現實的不滿。

二、思考交流：

1. 卡夫卡《變形記》中的動物和本單元作品中的動物所象徵的寓意有什麼相同與不同之處？什麼是異化？作者要表達什麼觀點？為什麼要追求陌生化效果？

提示

卡夫卡的小說，動物和人發生了轉變，這是一種本質上的錯位，是動物性對人性的入侵。卡夫卡的中短篇小說裏充滿了各種變形：人變蟲、猴變人、馬變人等等。動物成為人，而人成為動物，體現人類的可悲。動物性在慢慢侵蝕人性，而人也蜷縮於動物的軀體。人自身被異化，最原始的生命衝動在人身上早已萎縮。變形前的格里高爾是附著在人形下的動物，他沒有個體的生命慾求，沒有個人的獨特品格。

追求陌生化效果：反常化就是出乎意料，給人一種異乎尋常的感覺。卡夫卡的動物世界將我們原本熟悉的世界變得陌生起來，這種創造性的變形，使對象有了陌生的新面貌，增加了形象感受的難度，從而也延長了讀者的審美時間，達到了陌生化的效果。藉以使熟悉的事物陌生化，啟悟人們從另一個角度去觀察現實，進而向人們提供一條思路，以認清人類真實可慮的生存處境。看來或許荒唐可笑，更具振聾發聵的效果。

2. 莫言《生死疲勞》和本單元的兩部作品相比有什麼相同與不同之處？

提示

在小說中，藉助於動物性來對比人性，最終完成人性的拯救，是很常見的。莫言以獨特的寫實手法和豐富的想象力，描寫了中國城市與農村的真實現狀。

《生死疲勞》的特色：

● 形象生動逼真地描寫動物的習性、動作、語言。作者對農村生活和牲畜之熟悉，達到了親密無間的程度；動物的習性取代人的屬性，動物性一點點蠶食了人性，超越了人性，最終凌駕於人性之上。

● 對人性的探索和倫理境界的營構；對人物心理進行鋪墊、分析，對人物關係進行梳理，展示出人物豐富的內心世界的真實性和動機的合理性，以及作為人的內心掙扎與心靈矛盾的苦痛歷程。

● 人畜轉換易位得體自然，不生硬，不牽強，既有畜形又有人神，既有畜味又有人情，結合拿捏得不露痕跡。人性往往在動物身上體現得會比在人本身上更有力量，體現為驢的倔強、牛的執著、豬臨死之前的救命之舉、狗的忠誠等等可貴的品質。而現實中人的動物性卻在不斷變異與膨脹，直到最後大悲劇的落幕：人死亡，動物獲得新生。

● 極富探索意識的敘述視角使小說充滿了多解的玄奧，提供給讀者更多想象的空間，及更多闡釋與剖析的機會。多角度的敘事對小說的多義性提供了可能，使小說在意象上具有婉曲性、暗示性和開放性。

● 對俗語、俚語和成語的誇張活用，使小說語言帶有深厚的民間色彩。

● 對當代中國農村變遷史的描寫內容，立足於農民與土地，表現近五十年來農民的生存狀態，關注農民生存與發展的基本要素，折射出現代化、城市化進程中農民心理狀態的曲折變化。

探究驅動

"諷喻象徵是表現政治主題批判現實的有效手法"的問題，在《貓城記》和《動物農莊》的文本中是如何呈現的？

提示

　　1932 年，中國第一部原創科幻小說《貓城記》問世。1945年，喬治·奧威爾寫出了《動物莊園》。在世界文學史上，《動物莊園》和《貓城記》都是著名的動物寓言式諷喻小說。作家老舍和喬治·奧威爾通過動物對當時各自所處的社會進行了鞭撻。兩位作家都以傑出的諷喻方式使作品享譽世界文壇，體現了老舍與喬治·奧威爾在諷喻文學創作上的藝術魅力。

　　《貓城記》和《動物莊園》兩部作品都採用動物寓言的方式，虛實相生的構思，結合荒誕、對比、象徵等多種創作手法，站在清醒、警覺和批判的立場上對當時社會的政治、經濟、文化各方面進行諷喻和批判，批判專制腐敗，鞭撻愚昧，抨擊社會陰暗面，體現了作者憂國憂民的真情實感，抒發了作者的政治理想。

　　《貓城記》和《動物莊園》是出現於 20 世紀前半葉的動物寓言式諷喻小說。在充滿象徵與寓言的小說中，人就是動物，動物就是人。作者將動物心理及習性擬人化，由於人和動物相通，所以文本的內涵就不是寫動物的悲劇，而是象徵人類的命運。作者將奔放的想象、生動奇特的構思和荒誕、對比、象徵等多種諷喻手法相結合，以有限的載體給讀者提供了無限的想象空間，給不同時代社會文化背景下的讀者提供了自由闡釋作品的可能。作品以驚人的創造力，給讀者帶來豐富的想象力與創造力的藝術享受。

課堂活動

一、詮釋表達：

　　1. 在怎樣的程度上，你認為這個文本是一個動物寓言小說文本？請用本單元學習的內容加以解釋。

　　2. 在你生活的城市中，有沒有作品中所描寫的一些現象？你能不能用一種創意的方式加以表達？

二、概念理解：

　　1. 創造力在文學創作和閱讀欣賞中起著什麼樣的作用？結合你自己的經歷和大家分享。

　　2. 你所看到的文本蘊含著哪些原創力與想象力？請舉例說明。

　　3. 請評論作品中最吸引你的呈現創造力的方式有哪些？

　　4. 請發揮想象力，對文本做一個創造性的詮釋或者回應，文體字數不限。

單元二

7 評估演練

一、P1 評論寫作評估演練引導題

1. 在你所讀過的各種文學文本中，有哪些作品採用了諷喻象徵的手法來揭示主題？

2. 敘述者的角度和觀點對讀者產生怎樣的影響？讀者會和作者的情感產生共鳴嗎？為什麼？

3. 從文本塑造人物形象中，如何體現出作品象徵和荒誕的手法？

4. 創造性地運用諷喻象徵的手法，對於作者巧妙表達批判社會政治的觀點可以起到什麼作用？

二、IO 全球性問題闡述評估演練引導題

1. 從《貓城記》和《動物莊園》中各選 40 行，聯繫諷喻象徵是表現政治主題批判現實的有效手法這個全球性問題進行分析和評論，說說兩部作品採取了哪些不同的手法技巧表達出相同的全球性問題。

> 比較兩個不同時代的動物寓言作品，比較小說設定的環境、在作品中表達出的政治主題、作品中使用的象徵諷刺手法，看看兩個作品的語言風格有什麼異同，比較問題呈現的效果和現實意義。

2. 從本單元學過的兩部作品的字裏行間，讀者可以對當時社會的政治制度得到怎樣的了解？文本以何種方式對社會政治進行批判？

3. 在你學過的其他的文本中有沒有涉及到同樣的全球性問題？請舉例對兩個文本的特點及其對全球性問題的呈現手法進行分析評論。

4. 展望一下一百年後人類社會的情形。你認為未來人對政治制度、社會黑暗、極權統治會有怎樣的描述？這些描述和我們現在的定義一樣嗎？會有哪些主要的差別呢？

三、P2 比較分析評論評估演練引導題

1. 寓言小說、動物幻想小說文本各自以何種方式反映其主題意蘊？

2. 閱讀作品，討論作者如何通過語言文字在作品中表達出作者的創造力？

3. 以本單元學過的兩個文本，談談動物寓言小說以何種方式反映其主題意蘊？

4. 不同時期的寓言幻想小說作品用什麼方法來達到相同的批判現實的目的？

四、HL essay 高級課程論文評估演練引導題

1. 閱讀卡爾維諾的《不存在的騎士》與夏目漱石的《我是貓》，評論作品中的藝術形象及創造手法。

2. 閱讀卡夫卡的《變形記》和莫言的《生死疲勞》，評論作品中的動物所象徵的寓意有什麼相同之處與不同之處？什麼是異化？作者用怎樣的創造手法表達觀點？為什麼要追求陌生化效果？

Unit 3
單元三

※ 學習目標

- 了解一部經典文學為什麼能受到不同時代讀者的喜愛。
- 分析戲曲劇本如何使用各種技巧與受眾交流。
- 領悟不同時空讀者的閱讀影響文本意義的構建。

① 核心概念：交流

交流是人類社會須臾不可離開的。就本質而言，文學實際上也是一種交流手段。作者與讀者的關係是文學活動中最重要、最基本的關係。作者與讀者的交流，是通過作品創作與讀者閱讀建立一種親密的交流關係，包括直接交流與間接交流。

直接交流：口頭文學的交流方式，口耳相傳，說者與聽者同時在場的現場表演，是一種面對面的交流。

間接交流：案頭文學的交流方式，書面閱讀，作者始終站在故事與讀者之間，扮演著敘述故事的角色。

網絡文學的出現，使文學交流方式呈現出更為複雜的局面。如果說，從口頭文學到案頭文學，使得直接交流變為間接交流，那麼到了網絡文學，因為新技術的介入，便出現了由間接交流向直接交流的回歸。除了身體上接觸，網絡交流完全具有直接交流的基本特性——實時性與互動性。作者不僅在網上與讀者互動，而且還邀請讀者參與到創作中來。這種交流，已融合了直接交流與間接交流的特點，或者說，是對兩種交流方式的跨越。

隱含讀者：指作者在創作時面對的是一類心目中的假想讀者。寫作是作者與隱含讀者的對話。隱含讀者不但是作者的交流對象，而且會向作者發出某種指令，影響作者和他的創作。

閱讀期待：指的是讀者在閱讀之前內心對作品的期望與預想，反映了讀者的閱讀欣賞要求，由讀者的知識層次、個人愛好和閱讀能力所決定。閱讀期待，在一定程度上反映出閱讀者的參與慾望，可以看作是讀者與作品交流的慾望。閱讀期待會影響作者創作，表明讀者在某種程度上也參與了創作。

作品：作者是作品的創造者，讀者通過作品與作者進行交流對話，所以作品是作者與讀者展開雙向交流的基礎和紐帶。從作者是為讀者創作的意義上說，作品是作者與讀者共同創造出來的產品。有些作者聲稱為未來的讀者寫作，所以也不妨礙未來的讀者成為作品創造的參與者。

思考判斷

請根據自己的理解向其他同學解釋下面的陳述：

所有的文本都是基於交流的目的產生的，從交流的角度來分析文學文本，包括：作者與目標讀者的交流、作品與讀者的交流（讀者對作品的接受）、讀者與作品的交流（讀者對作品的詮釋），說明交流是信息互換的過程，閱讀是一種交流。

討論交流

細讀下面的陳述，說明你的觀點，並舉出一些例子加以說明。在班級分享你的看法。

1. "閱讀優秀的書籍，就是和過去時代中最傑出的人們——書籍的作者——進行交談，也就是和他們傳播的優秀思想進行交流。"

——笛卡爾

2. 閱讀是一種交流，以從書中獲得知識開始，書是老師，將相關的知識，娓娓道來，讀者是學生，細細"聽"講，理解作者的意圖觀點，同時和作者進行對話和辯論，向作品表達自己的觀點和見解。

單元三

歸納條理

請根據下面的題目說說自己的觀點，要舉出你所學過的作品實例，並用一段文字記錄下來：

一部文學作品可以和不同時代的讀者進行交流。因為交流的對象不同，所以作品也會呈現不同的意義。

2 文學理論：讀者反應理論

讀者反應理論是當代西方的一種文學批評模式，指一個文學文本只有經過了讀者閱讀才可以完成。讀者反應理論使得對於文學的研究，從以往研究作者、作品轉而將重點放在讀者身上，重視讀者主動建構作品的意義。

讀者反應理論的要點：

一個文本的意義，只有在讀者與作品相互傳播交流的過程中產生。文學作品只是一個含有意義的文本，在沒有讀者閱讀之前，它的含意就沒有被創造出來。

讀者閱讀時是主動參與，而非被動接受。讀者在閱讀的過程中不是一味地被動接受作品傳遞的訊息，而是在主動建構意義。

作品的意義並非只存在於文章本身，也存在於讀者的心靈中，是讀者與文章交感的結果。讀者的理解是有差異的，因為他們在文化和個體上都是獨特的。

閱讀作品時，因為讀者的個人因素，比如認知程度、想象力、性別、過去的閱讀經驗等，使得讀者對文本的理解不盡相同。此外，閱讀過程中的環境因素，比如閱讀中團體的氣氛是否和諧、分享心得的方式是否自由多樣等，也會影響到讀者對作品的反應。另一方面，作品本身的特質，也必然影響讀者對作品的反應。

讀者的個人素質和作品本身的特質，兩方面不斷地互動交流，讀者結合自己本身的生活經驗構築了作品的意義。因此，作品文本不存在某種"唯一正確的含義"。

 **討論交流**

1. 文本的意義只能在讀者與作品相互交流的過程中產生，沒有讀者的文本是無意義的。

2. 讀者在閱讀的過程中不是一味地被動接受作品傳遞的訊息，是在主動建構意義。

3. 讀者的個人因素、文化背景會影響到讀者對作品意義的構建。

4. 作品本身的特質，決定了讀者對作品意義的構建。

5. 作品文本不存在某種"唯一正確的含義"，可以有多種解讀。

3.1 研讀作品：戲曲《西廂記》

一、作者

　　王實甫（1260-1336），字德信。元代著名的雜劇作家，創作了很多雜劇，流傳至今的尚有十三種。他被稱為中國戲曲史上最傑出的"文采派"代表作家。

 課堂活動

1. 查找資料，了解作者生平及其寫作的背景。
2. 為什麼說王實甫是元曲四大家之一？請利用網絡，查找資料，做出自己的解答。

 提示

　　王實甫的雜劇，繼承了唐詩宋詞的精美的語言藝術，同時吸收了元代的口頭語言，創造了璀璨的元曲詞彙。

二、文本

 探究驅動

　　以小組為單位，整理自己已有的相關知識，說說戲曲有哪些文體特徵要素。

（一）戲曲的文體特徵

戲曲是一門綜合藝術，綜合了多種中國古典文學藝術的元素，唱詞如詩詞，情節如小說，服飾臉譜如繪畫，表演如舞蹈，戲劇把音樂、舞台表演相互融合；戲曲的內容涵蓋了大到中國古代的皇朝興衰、家國大業，小到普通百姓的日常生活、喜怒哀樂的各個方面，中國古代戲曲是古代文學藝術、歷史文化的高度濃縮，戲曲是中國普通百姓的人生教科書。

（二）《西廂記》的內容簡介

《西廂記》是元雜劇中最優秀的愛情劇，對後世愛情小說、戲劇的創作影響很大。其主旨與內涵是"永老無別離，萬古常完聚，願天下有情的都成了眷屬"。

書生張珙（張生）在山西普救寺借宿，偶遇扶柩回鄉借住西廂的原崔相國的女兒崔鶯鶯，一見鍾情。強盜孫飛虎要強搶崔鶯鶯，鶯鶯的母親鄭老夫人宣稱誰能解圍救困，就將女兒許配他。但當張生請故友"白馬將軍"解圍後，老夫人卻因門第不當悔婚。張生氣急一病不起，鶯鶯也為之傷痛。在鶯鶯的丫鬟紅娘的幫助下，兩人暗通書信。私情被老夫人發現，要將鶯鶯嫁給鄭氏的姪子鄭恆。紅娘據理力爭，老夫人理屈詞窮，命張生上京趕考，答應他中狀元後可娶鶯鶯。張生果然考中，有情人終成眷屬。

（三）《西廂記》的人物形象

《西廂記》塑造了美麗、聰慧的女性形象鶯鶯。她為了追求自由的愛情、婚姻，反叛封建禮教的束縛，無視門第富貴、功名利祿，不顧父母之命媒妁之言，愛上了窮秀才張生。

張生是一個典型的書生形象，具有酸秀才的書卷氣。他熱戀時的癡狂舉止給作品增添了喜劇色彩。

紅娘是一個有豪俠氣概的丫鬟。"身為下賤"、心靈高尚，為成全崔張的愛情婚姻，緊要關頭挺身而出，戰勝了地位高貴的老夫人。紅娘成了鋒利俏皮、機智潑辣、樂於助人的代名詞。紅娘的形象刻畫表現了作者的民主思想。

以崔母為代表的封建家長為了家族利益，維護封建禮法，對年輕人的愛情百般阻撓。在他們看來，決定婚姻的是功名利祿、仕途經濟、門第財產、父母之命、倫理道德，而不是男女雙方的感情和意願。可見封建社會的禮教和封建婚姻制度不符合人情人性。

課堂活動

一、人物形象分析：

1. 作品中有哪些人物？他們之間有著怎樣的關係？

2. 小組活動：請閱讀劇本，用文字給每個角色畫像。

人物的姓名、身份？	與主要人物的關係？	典型的言語行為？	性格特點？	代表哪一類型的人？	你喜歡嗎？為什麼？

3. 戲曲中人物之間發生了怎樣的矛盾衝突？

提示

《西廂記》的主要戲劇衝突展示在老夫人與鶯鶯、張生之間。鶯鶯的母親鄭老夫人代表封建家長，也代表整個封建社會的觀念。一開始她的勢力很大，在矛盾衝突中處於支配者的地位。

老夫人道貌岸然，卻背信棄義、口是心非，為了維護門第與禮教，竟置女兒的愛情與幸福於不顧，從而激起了鶯鶯的強烈反抗，她和張生、紅娘一起走上了叛逆的道路。在紅娘的幫助下，經過一系列鬥爭，崔、張終成眷屬。《西廂記》正是通過這一對矛盾衝突，通過崔、張兩人勇敢追求自由、幸福並最終獲得美滿婚姻的結局，揭露了封建禮教和婚姻制度的不合理，宣揚了有情人終成眷屬的理想可以實現，表達了反對禮教及封建婚姻制度的主題思想。

孫飛虎搶婚、老夫人賴婚、小姐賴簡，劇情從歡樂輕快變為痛苦憂鬱，人物的情緒由高興變為沮喪，矛盾衝突不斷、跌宕起伏引人。"拷紅"的波瀾、"逼試"的難題，崔、張就是在這些驚濤駭浪中經受了一連串的考驗，加深了他們的愛情。這一系列衝突不斷，情節符合人物性格的發展。

二、演示交流：

分角色扮演，表演戲劇的一個片段。說說劇中人物的相互關係及其相互影響。作者通過這個故事想告訴讀者什麼？讀者從中得到了什麼信息？

單元三

三、討論評議：

　　看完了表演你們覺得這部作品中的女主角是一個怎樣的人？你們喜歡她嗎？請舉出作品的例子說明，展開討論。

四、寫作：

　　請用一個段落，記錄你的看法和評價，300-500字。

（四）戲曲的藝術特色

中國戲曲有鮮明的民族特徵，集中體現了中國戲曲藝術綜合性、虛擬寫意性、程式性的審美特徵。

1. 情景交融的意境

戲曲劇本具有戲劇的特點：人物、事件、場面高度集中，展示尖銳的矛盾衝突；運用唱詞、賓白來塑造人物形象，唱詞、詩句構成情景交融的意境。

2. 優美動聽的音樂

戲曲融說唱、舞蹈於一體，有情節、人物，以歌舞演故事，載歌載舞。唱腔、配樂和伴奏具有音樂之美。唱詞講究詩歌一樣的節奏韻律。唱腔和曲調旋律優美動聽，渲染豐富的感情。

3. 虛擬神似的寫意

虛擬性是中國戲曲的特點。戲曲用虛擬的手法來處理舞台時空有限與現實生活時空無限之間的關係。舞台沒有複雜的佈景，只用很少的道具，主要通過演員的表演來刻畫人物、表現故事。讀書寫字、飲酒睡覺、千軍萬馬、翻山越嶺都是通過演員的表演來完成的，用虛擬化的動作，給人實在的感覺。在沒有實物的舞台上，全靠演員的表演，讓觀眾感到這些東西的真實存在。戲曲寫意性是中國文學傳統的民族特色，也是戲曲的審美特徵。戲曲的表演，將藝術真實與生活真實分別開來。假戲真做，真事假演，以假為真，講求神似。

4. 高度凝煉的程式

戲曲的舞台演出綜合展示了中國古代戲曲的程式美，舞台上的佈景、人物的服飾、臉譜的設計、表演的動作造型，一舉一動都有程式。戲曲的程式是對生活的提煉、美化和誇張，比生活更美。

5. 充分的敘事抒情

中國戲曲是敘事的，有人物有情節有戲劇衝突，但更重視抒情，劇本講究文辭華美，具有詩情畫意。一人主唱的曲調唱腔設計，充分刻畫人物內心的情感，淋漓盡致地表達人物的喜怒哀樂。

（五）《西廂記》的語言特色

《西廂記》的語言是劇的語言又是詩的語言，是文學性與戲劇性的高度統一：善於化用唐詩、宋詞中的語言，典雅凝練、意境新鮮，用秋景寫離情，情景交融，將抽象的感情化為具體的形象，化虛為實，以實寫虛，以移情的方法加以表現，詩意厚濃。《長亭送別》以抒情詩的語言，敘寫人物複雜的情緒感受和內心細微情感活動，刻畫人物性格，展示人物純潔真摯的美好心靈世界。

1. 將方言俗語入曲、句式口語化，"從今後""土和泥""我為什麼懶上車兒內"等詞語的大量運用增加了曲詞的俚俗色彩。

2. 借神話典故抒情："我這裏青鸞有信須頻寄"。青鸞指青鳥，傳說是西王母的信使，受西王母的派遣給漢武帝送信。青鸞所送之信，傳遞了送信人的愛與思念。此處借用了神話典故，來表達相愛之人的思念之情。

3. 藉助誇張、對比、襯托、排比、對偶等刻畫人物心理。"淚添九曲黃河溢，恨壓三峰華嶽低"誇張之極。對比描寫類似"車兒投東，馬兒向西"的句子很多，形象地刻畫了場景，揭示了人物的心理感受。

4. 人物語言高度個性化。不同人物的唱詞和對白符合每個人的身份，體現出人的個性特徵。

5.《西廂記》善於描寫人物的心理活動。作者把人物埋藏在內心深處的渴望與追求用一些著名的唱段或者簡短說白、意味深長的"潛台詞"展示出來。

《西廂記》的語言以當時的民間口語為主體，化用了一些唐詩、宋詞以及經史子集中的語句，白話口語與文學語言在這部作品中得到了完美的統一。《西廂記》的人物語言突出個性化，在戲劇衝突中準確而生動地表現人物思想性格，推動戲劇衝突的進一步發展。劇中的每一個人物都有自己的語言風格：鶯鶯的語言文雅含蓄、情深意長；張生的語言誇張感歎、灑脫不俗；紅娘的語言鋒利潑辣、俏皮爽快，和人物的身份、地位性格特點相符。

 課堂活動

一、閱讀理解：

1. 閱讀《西廂記》第四本第三折《長亭送別》，可以配合觀看影視節目。

2. 細讀劇本進行分析，說說《長亭送別》在《西廂記》整個劇本中的地位，以 PPT 的形式和同學交流。

提示

《西廂記》一共五本。第一本"張君瑞鬧道場"，寫崔、張愛情的開始。第二本"崔鶯鶯夜聽琴"，寫崔、張愛情逐漸成熟。第三本"張君瑞害相思"，寫鶯鶯、張生、紅娘內部的矛盾衝突，凸現了他們的性格。第四本"草橋店夢鶯鶯"，寫崔、張、紅娘和老夫人的第二次正面衝突，是全劇的高潮。第五本"張君瑞慶團圓"，寫戲劇矛盾的最終解決。

第四本的第一折"酬簡"，第二折"拷紅"，鶯鶯與張生私定終身，老夫人震怒，便拷問紅娘。無奈之下，老夫人被迫接受，同時強令張生立即進京趕考，中舉才能迎娶鶯鶯。崔、張的愛情出現了新的考驗。

第三折《長亭送別》的矛盾衝突焦點是對待科舉功名的態度。主要情節：張生在老夫人的逼迫下，進京趕考，鶯鶯等人在十里長亭餞行送別。抒發情感：此折由鶯鶯主唱，抒發她別離的痛苦心情和怨恨情緒。鶯鶯與張生“昨夜成親，今日別離”，內心十分痛苦。另外，她還擔心張生不得功名不敢回來，或者他中舉後變心再娶。所以，鶯鶯的情感十分複雜，依戀悲傷的心情沉痛。

二、以小組為單位，閱讀《西廂記》第四本第三折《長亭送別》，從作品中找出關鍵的文本特徵，填寫下表：

文本特徵	作品實例
本折戲的規定情境	
本折戲的主要情節	
主要人物的內心感受	
潛台詞	
抒情手法	
微妙的人物關係	
主要角色的性格特點	
唱詞特點	
聯想和誇張的手法	
雙音詞的重疊句子	

提示

1.本折戲的規定情境：是鶯鶯、紅娘、老夫人等到十里長亭為被迫進京趕考的張生餞行。開頭對白的一段文字交代了場面、出場人物，以及本折戲的時間和將要展開的情節，也交代了鶯鶯的心情。

2.本折戲的主要情節發展可分為三個部分：第一，赴宴途中；第二，長亭別宴；第三，長亭分別。

單元三

3. 抒情手法：主角用唱詞抒發內心的離愁別恨。"碧雲天，黃花地，西風緊，北雁南飛，曉來誰染霜林醉？總是離人淚。" 通過鶯鶯對暮秋景色的感受，渲染了特定的環境氣氛，表現了人物內心深處痛苦壓抑的感情。作者沒有直接說愁道恨，而是借途中眼前的景物來言情道恨。前四句選了最具秋天季節特徵的景物：天、地、風、雁、林、葉、花等多種自然物作為表情的意象、具有鮮明的圖畫和色彩感，且動靜交織，所有的美麗景物在凄緊凜冽的西風中融為一體，外化了人物內心的複雜情感，構成了令人黯然神傷的意境。這種讓人觸景生情、抒發情感的方法就是中國古典詩詞情景交融，構成意境的方法。給無情的自然現象賦予觀者之情，叫作移情於物。

4. 微妙的人物關係：鶯鶯和張生雖然同處於離別的傷悲之中，但是她比張生的痛苦和擔憂更加深重。在當時社會，女性被動從屬於男性，不能掌握自己的命運。以鶯鶯的聰明，她意識到了癡情的以身相許並不能得到幸福的保障，實際上是一種冒險的行動，所以特別擔心和憂懼。

5. 主要角色的性格特點：戲曲通過人物的唱詞和對白來體現人物的性格特點。優美的曲詞表達了鶯鶯是一個有著良好教養的大家閨秀，同時又是一個非常溫柔癡情的女子，但是在母親面前她不能明顯地表現自己的擔憂，只能含蓄地表達自己的情感。如，鶯鶯對張生體貼關懷的柔情蜜意，不斷叮嚀：路途保重、飲食調理……無限關切、深情款款。再如，鶯鶯坦率地表達了自己內心無盡的憂慮，離別讓她 "眼中流血，內心成灰"。又如，鶯鶯忍不住表明自己的擔憂 "我只怕你停妻再娶妻" 要求張生 "若見了那異鄉花草，再休似此處棲遲"。採取寓情於景的手法起到了刻畫人物性格的作用，突出了鶯鶯的身份教養、內心情感和性格特點。

6. 唱詞特點：辭藻華麗，文采斐然，具有中國古典詩詞的優美意境與詩情畫意。在這一折戲中，可見唱詞用字講究，"染" 字使無情的霜林與鶯鶯心中的淚水相連，有了感情色彩。"醉" 字使楓林的色彩與鶯鶯那種不能自持的狀態連在一起。這是鶯鶯移情於景的獨特感受。

7. 雙音詞的重疊句子："熬熬煎煎" "懨懨惶惶" "嬌嬌滴滴" "昏昏沉沉" "重重疊疊" 一串雙音詞的重疊句子，造成一種嗚咽哭泣的感覺，整個唱段嗚嗚咽咽、如泣如訴，強化了人物濃烈的情緒，表現出鶯鶯從眼前想到了別後痛苦難忍，卻又不敢在母親面前放聲傾訴，只好壓抑自己，但是又壓抑不住，只能低聲抽泣。

三、思考交流：

1. 曲詞抒發了鶯鶯怎樣的情感？

2. 根據你的理解，對下面的陳述做出判斷，並說說你的看法：

（1）用曲詞和唱段來宣洩主角的內心情感，正是雜劇表達情感的特色。【正宮】【端正好】幾支曲子抒發了鶯鶯痛苦哀愁的情感。

（2）【滾繡球】以內心獨白的方式描述了當時的場面，直接剖露人物心靈，寫出了鶯鶯內心複雜的愁與恨。鶯鶯希望長長的柳絲能夠繫住馬兒，留住張生；希望樹林的枝杈能夠掛住夕陽，讓美好的時刻停下，但是她只能做到和張生盡量地靠近一點。作者使用了聯想和誇張的手法，突出了孤獨無助的愁苦之情，對封建門第觀念予以控訴和批判。

（3）【脫布衫】借鶯鶯的眼中所見、心中所想表達餞別的情景和鶯鶯的感受。先寫鶯鶯眼裏的景色"下西風黃葉紛飛，染寒煙衰草萋迷"，再寫鶯鶯眼裏的張生"酒席上斜簽著坐的，蹙愁眉死臨侵地。"繼而寫出鶯鶯心情和感受。【小梁州】"閣淚汪汪""把頭低，長籲氣"既是寫張生，也是寫自己，展現兩人經受著同樣的離愁煎熬，表達了有情人"心有靈犀"共同忍受的別離之苦。

（4）【上小樓】和【么篇】兩支曲子中，突出了鶯鶯對科舉功名的態度。"但得一個並頭蓮，煞強如狀元及第"，鶯鶯珍視真誠的愛情，輕視世俗的功名，對封建禮法"折鴛鴦在兩下裏"專橫勢利的做法，表示了強烈的不滿和怨憤。

（5）【快活三】和【朝天子】都用了移情的手法，"暖溶溶玉醅，白泠泠似水，多半是相思淚。"把酒比作淡水、相思淚，既是比喻，又含有誇張和想象，表達恨愁滿腹、食不下嚥的感受，形象生動，層層深入地表現鶯鶯愁怨滿腔、肝腸寸斷的內心情感。

四、閱讀作品，觀看有關的戲劇和電影，討論下面的問題：

1. 《西廂記》從產生以來，受到不同時代人們的喜愛，原因何在？從讀者反應的角度如何解釋？

提示

　　從接受美學的角度來看，一部經典作品之所以能受到不同時代讀者的喜愛，首先是因為它能滿足讀者的閱讀期待與接受慾望，符合讀者的審美要求，同時又能夠超越讀者，挑戰讀者，拓展讀者的期待視野，給讀者帶來全新的審美感受。王實甫的《西廂記》就是這樣的一部作品。

　　《西廂記》講述的是才子佳人在追求愛情時遇到阻礙，不懈努力最後終成眷屬的故事，突出了"永老無別離，萬古常完聚，願天下有情的都成了眷屬"這樣的主題，這種進步的婚戀觀，表達了當時及後世的民眾對自由平等的愛情婚姻追求與嚮往的理想。這正符合中國人的民族審美心理和文化觀念。

　　《西廂記》通過崔張兩人由相識、相愛、相許到最後終成眷屬的描寫，肯定了男歡女愛的價值，讚美了男女雙方為了追求自己的終身幸福，反抗封建倫理道德束縛的行為。所表達的不是某一時期、某一階層的呼聲，而是世世代代人們的理想和願望，符合大眾的接受慾望，表達了不同時代人們的共同心聲。所以這部作品受到了古往今來的不同時代人們的喜愛。

2. 對《西廂記》的解讀只有一種嗎？你認為現代人對《西廂記》的理解和古代人有何不同之處？為什麼？

讀者接受理論認為，文本的意義是由讀者的閱讀創作賦予的。由於讀者個體的時代文化背景、社會政治環境、知識水平都是獨特的，讀者的趣味、素養、理想等因素是不同的，讀者的認知程度、想象力、性別、過去的閱讀經驗也各不相同，這一切決定了讀者對作品的理解是有差異的。

《西廂記》在不斷變化的新語境下，經由不同時空的閱讀，讀者在自己的閱讀過程中構建出不同的文本意義。文本也因此獲得不斷更新的意義，可以說讀者的閱讀豐富了這個經典文本的內容。

《西廂記》在不同時代被閱讀與接受：

古代讀者對作品的解讀是不一樣的。在佔有主流地位的封建思想統治下，《西廂記》作為"淫穢戲曲"的代表作，被一些讀者看作洪水猛獸，認為不符合當時的道德標準。比如，《紅樓夢》中的薛寶釵，拒絕和反對閱讀《西廂記》。但是一些遵從人的天性，不願意被封建禮教嚴重制約的讀者，在作品中看到了對男女相愛忠貞愛情的讚美，而備加喜愛。《紅樓夢》中的寶玉、黛玉就在作品中看到了對封建道德觀念的反叛，激發了他們對婚姻自由的嚮往與追求。

現代讀者對作品的解讀也不一樣。研究審美傳統的讀者從大團圓的結局中看到了中國人獨特的民族審美心理。反對封建制度與文化的讀者從主角的行為中看到了對封建社會的反抗。具有女性意識的讀者在崔鶯鶯身上看到了女性主體意識的覺醒。

作品的主題思想"願天下有情的都成了眷屬"，在不同的讀者閱讀中，也有不同的解讀。才子佳人認為：這是一種讀書人心目中的情愛理想模式。異性男女認為：這是一種青春男女團圓美滿的理想。同性戀者認為：這是一種被接受與認可的美好的祝願。

以上的例子說明，文學作品是通過讀者的閱讀來完成並實現其自身價值的。歷代不同的讀者對《西廂記》有不同的解讀，豐富了作品的意義。

單元三

五、請說說你對《西廂記》的解讀，可以採用各種有創意的手法，字數不限。

六、朗讀表演：全班同學圍坐在地上，輪流表演朗讀《西廂記》第四本第三折《長亭送別》，相互聆聽，然後討論：

1. 朗讀者的聲音、語調，以及表情和動作如何影響到所表達的意思和聽眾的理解？為什麼？

相同的文字可以有多種的演示表達方法。

2. 這一折的曲詞突出了人物什麼樣的性格特點？語言有什麼特點？請舉例分析。

3.2 比較作品：小說《老人與海》

一、作者

歐內斯特・米勒爾・海明威（Emest Miller Hemingway, 1899-1961）是美國著名的作家、記者，被認為是 20 世紀最著名的小說家之一，在美國文學史和世界文學史上佔有重要地位。1953 年，憑藉《老人與海》獲得普利策獎，1954 年獲得諾貝爾文學獎。

 課堂活動

作者及文本研究，查找資料回答下面的問題：

1. 關於作家：海明威，及其《老人與海》寫作的時代社會背景、中文翻譯出版及傳播情況、對讀者的影響是怎樣的？

2. 討論：海明威的《老人與海》被譯成多種文字，你認為：

   （1）不同版本的翻譯者是在以自己的方式和原作者進行交流嗎？

   （2）不同的翻譯文本是在以自己的方式和讀者進行交流嗎？

   （3）翻譯者為原著文本創造出了新的意義嗎？為什麼？

二、文本

（一）《老人與海》的內容簡介

《老人與海》的主人公老漁夫名叫聖地亞哥。聖地亞哥一連八十四天沒有打到魚，他不肯認輸，終於在第八十五天釣到一條身長十八尺，體重一千五百磅的大馬林魚。大魚拖著船往海裏走，老人拚死往船上拉。沒有水，沒有食物，沒有武器，沒有助手，左手抽筋，不斷受傷，他頑強堅持著。兩天兩夜的搏鬥之後，他終於殺死大魚把牠拴在船邊。在返回的途中，鯊魚追著搶奪大魚，他用一支折斷的舵柄作為武器殺死牠們。最後，筋疲力盡的老人拖回被吃光了肉的大馬林魚骨架。

（二）《老人與海》的藝術特色

1. 象徵的手法

《老人與海》用象徵的手法賦予了這部小說深刻的意蘊，象徵性地表達了整部作品豐富的思想主題。

作品中老人聖地亞哥、大海、馬林魚、鯊魚、群獅、小男孩、抽筋的左手等都具有象徵寓意。聖地亞哥是“生命英雄”的象徵，他敢於向人生的種種磨難宣戰，向人的生命的極限挑戰，展示了人的榮譽、尊嚴以及生命的價值；大海象徵人類社會以及人生的搏鬥場；大海中的生物各自具有象徵意義，有毒的水母及鯊魚象徵阻止人們實現理想的各種惡勢力。大馬林魚、巨大的魚骨架、睡夢中的“那群獅子”，也都具有深刻的象徵寓意。海明威用象徵的手法表現了他的人生哲學及硬漢子精神，不向命運低頭，在困難面前寧為玉碎不為瓦全，永不服輸。

老漁人聖地亞哥的人生命運是悲慘的。這正是作者海明威生活的那個時代和社會人們命運的寫照。海明威曾經參加過兩次世界大戰和西班牙戰爭，和他一樣遭遇的人經歷了殘酷的戰爭，掙扎、奮鬥、幻滅、失落，精神和身體上都帶著很深的創傷，就如同一無所有的老人一樣。

人該如何面對這樣的命運呢？老人勇敢地承認了自己的失敗，卻又絕不懷疑自我的力量。他面對失敗的勇敢、毫不氣餒的頑強，超越了他人生中的磨難，體現了人類的一種精神力量：人可以失敗，但不能認輸；外在的肉體可以接受折磨，但是內在的意志精神卻神聖不可侵犯。悲劇的命運沒有能夠打敗老人，他從精神上戰勝了自己的命運。《老人與海》中的老漁夫聖地亞哥象徵著一種硬漢子精神，一種壓倒命運的力量。作者創造這個硬漢子形象，體現著人類尊嚴，表現出真正的人是不會向命運低頭的。

2. 簡潔的語言

《老人與海》具有簡練、準確、鮮明、生動的語言風格。海明威用簡潔的文字，對作品中的人物進行真實的敘述，用有限的文字表達豐富的思想內容。無論是敘事、寫景，還是對話，揭示人物的心理活動，都沒有使用華麗的辭藻。作家避免使用語言加入自己的想法，引導左右讀者，而是讓讀者自己進行評判。小說語言的表述方式簡練客觀而節奏迅速，所表達的思想十分深刻。

3. 結構完美首位照應

整個故事在時間、地點、人物等方面形成了有頭有尾的首尾照應關係。首尾完全相呼應：一去一回都是黎明，地點依然是小茅棚，人物依舊是老人和孩子，用具還是那些捕魚的工具，似乎一切照舊，但一切具有了不同的人生意蘊。小說因此具有一種結構完美的美感。

課堂活動

閱讀理解:

1. 閱讀作品,分析作品中象徵意象各自具有怎樣的象徵寓意?對刻畫人物性格表現作品主題有什麼作用?

大海	
鯊魚	
大馬林魚	
十字架	
馬林魚的殘骸	
"那群獅子"	

單元三

2. 作品中有哪些對自然環境的描寫?你認為這些描寫的意義、作用何在?

提示

　　海明威把老人內心感受傾注在不斷變化的景物描寫上。如,描寫太陽的升落,表現老人情緒的變化。景物變化的描寫也和老人捕魚的行動描寫相互配合。如,黎明,魚蠢蠢欲動,老人充滿信心;正午,魚開始劇烈掙扎,老人情緒十分緊張;傍晚,魚稍稍安靜,老人平靜地歇息。茫茫大海上老人的孤獨無助也通過景物展示出來的:"風在不住地吹,稍微轉到東北方去,他知道這就是說風不會減退了。老頭兒朝前面望了一望,但是他看不見帆,看不見船,也看不見船上冒出的煙。只有飛魚從船頭那邊飛出來,向兩邊倉皇地飛走,還有一簇簇黃色的馬尾藻。他連一隻鳥兒也看不見。"

　　寓情於景,情景交融,使小說有了詩情畫意般的意境,使作品的象徵寓意更加豐富深刻。

(三)《老人與海》的人物塑造

1. 極為簡練的白描手法展現老人的外形

　　"老頭兒後頸上凝聚了深刻的皺紋,顯得又瘦又憔悴。兩邊臉上長著褐色的疙瘩,那是太陽在熱帶海面上的反光曬成的肉瘤。疙瘩順著臉的兩邊蔓延下去。因為老在用繩拉大魚的緣故,兩隻手都留下了皺痕很深的傷疤,但是沒有一塊疤是新的，那些疤痕年深日久，變得像沒有魚的沙漠裏腐蝕的地方一樣了。" "他身上的每一部分都顯得老邁，除了那一雙眼睛。那雙眼啊，跟海水一樣藍，是愉快的，毫不沮喪的。"

2. 描繪老人屋內陳設，暗示老人的人生經歷

"……在用帶有硬纖維質的'海鳥類'的葉子按平了交迭著砌成的褐色的牆上，有一幅彩色的聖心節圖，還有一幅柯布雷聖母圖，這都是他老婆的遺物。過去牆上曾經懸掛一幅他老婆的彩色照像，他看見了就覺得淒涼，因此他把它拿下了，放在屋角架上他的一件乾淨襯衫下面。"

3. 用人物的內心獨白表現人物的內心情感

老人一個人孤單出海，只有自言自語。通過描寫人物行動展示老人的性格。老人划著小船，不懈地出海——捕大馬林魚——鬥鯊……年老體弱，孤單一人，與強大的敵手展開激烈的鬥爭，最後戰勝困難，打退進攻者。通過行動描寫，讚美和謳歌了老人不向命運低頭的硬漢子精神。

課堂活動

一、閱讀作品：

說說海明威《老人與海》給你的印象，選擇其中一個章節細讀分析，以 PPT 的形式和同學交流，內容包括：

　　1. 小說人物形象的特點

　　2. 小說的情節特色

　　3. 小說的主旨與內涵

　　4. 小說的手法技巧

二、演示交流：

扮演小說中的老人的角色，說說他的苦惱或快樂。你覺得他是一個怎樣的人？

三、同學評議：

看完了表演，請三位同學說說自己對這個角色的看法。你們的看法一樣嗎？你覺得不同的人談論對同一個作品的看法，這和交流概念有怎樣的關聯？請展開討論。

四、寫作：

　　請用一個段落，記錄討論的結果，300-500 字。

五、從《西廂記》和《老人與海》中各選出一個 40 行的段落，進行朗讀表演，感受一下：

　　1. 兩部作品在塑造人物的手法上有什麼不同，各自突出了哪些文體特點？

　　2. 兩個文本各自以何種方式與讀者進行交流？

4 時間與空間

 討論交流

1. 在信仰、價值觀和教育——不同時空讀者的閱讀影響文本意義的構建這個問題中，時間與空間的概念具有怎樣的重要意義？

2. 在讀者和作品的交流過程中，時間與空間的概念扮演了怎樣的角色？

一、作品創作的時空背景

（一）《西廂記》的創作背景

故事發生的時代背景是唐朝。中國的唐朝整個社會風氣開明，得以產生以那個時代的愛情為主體的文學作品。在中國傳統封建社會的壓抑下，男女交往都受到嚴格的禮教束縛，沒有戀愛與婚姻的自由，更沒有正常交往的自由。而在唐代，青年男女不但產生了"愛情自由"的意識，而且還有這種自由的行動。《鶯鶯傳》描寫了唐代愛情故事展開的一般方式，出現了女子反對舊式婚姻制度、為了愛情奮不顧身投入的情節。

作者寫作的時代是元朝，元代統治階層是遊牧民族，其遊牧文化、佛教、基督教、道教等與中原文化思想碰撞，儒家的正統思想衰微，思想束縛鬆弛，封建倫理的約束力放鬆，在文藝思想上比較放任。文人創作題材和主題的選擇可以相對自由，挑戰封建禮教，掙破傳統罔圉。其次，元朝都市經濟繁榮、市民階層擴大、市民藝術興起。戲曲藝術，不僅繼承了唐宋以來民間說唱文學的傳統，並且吸取了市民思想意識和感情，在雜劇中可以聽到元代婦女反對舊禮教壓迫和爭取自由幸福的強烈呼聲。王實甫的《西廂記》"有情人終成眷屬"的愛情故事是時代變化的產物。

（二）《老人與海》的創作背景

　　《老人與海》是美國著名作家海明威 1951 年於古巴創作的一部中篇小說。創作靈感來源於真實的人物和經歷，是根據真人真事寫的。第一次世界大戰結束後，海明威移居古巴，認識了老漁民格雷戈里奧·富恩特斯。一次暴風雨中海明威的船沉沒，危急時刻富恩特斯搭救了他，兩人成為了好朋友。1936 年富恩特斯在一次出海時捕到一條很大的魚，在海上航行太久，歸來時很大的一條馬林魚只剩下一副骨架。小說象徵性地表現了人類社會生存環境變幻兇險，人生的理想和慾望無法擺脫悲劇的命運，人類在面對困難和厄運時必須抗爭，具有深刻的人生主旨。這部小說中波瀾壯闊的畫面感和深刻的人生主旨也是作者海明威人生觀和世界觀的完美體現。

二、文本的傳播與接受

（一）《西廂記》的傳播與接受

　　《西廂記》創作於元代，在當時驚倒四座，獲得男女青年的喜愛，自元末明初起，即有"舊雜劇，新傳奇，《西廂記》天下奪魁"的盛譽。

　　明清時期《西廂記》作為"淫穢戲曲"的代表作，成為重點禁毀對象。朝廷下令禁止傳閱關於《西廂記》的書刊以及觀看戲曲表演，並對書籍進行大批量的焚毀。

　　明末清初的大批評家金聖歎將《西廂記》列為"六才子書"，加以仔細評點。明清文人對《西廂記》的閱讀評點一方面是基於商業化文人對經濟利益的追求，更主要的原因是文人對於宋明理學的反叛，以及進步社會思潮的興起。金聖歎點評《西廂記》對該作品的傳播與接受起到了重要作用。

　　戲曲在民間的傳播途徑就是戲曲表演。雖然《西廂記》在民間始終受到讀者和觀眾的喜愛與支持，未能徹底禁止，但是，朝廷法令對《西廂記》的抵制、禁毀行為阻礙了《西廂記》的傳播發展。一方面，文學作品在流傳的過程中才能得到發展，但統治階級禁止其戲曲表演，使這部優秀的戲曲作品無法在實踐活動中實現創新發展和昇華，嚴重影響了這部戲曲的完善發展。另一方面將《西廂記》作為淫穢之書、不可讀之物來引導民眾，嚴重影響了人們對這部優秀的經典文學深層含義和藝術價值的正確認識。

此外，由於長久以來對《西廂記》的禁止和限制，使得其在國外並沒有得到廣泛接受和認可，因此在世界文壇中少有這部經典著作的翻譯版本，限制了這部傳世之作的傳播發展。

（二）《老人與海》的傳播與接受

中篇小說《老人與海》1952 年在美國出版，1954 年獲得諾貝爾文學獎。小說在中國得到了廣泛的傳播和接受。《老人與海》在中國的譯介：1957 年海觀初次將《老人與海》譯為中文版，著名的作家余光中、張愛玲都曾翻譯過這部小說。2017 年《老人與海》在中國約有 510 個版本，隨著出版業的繁榮，這本書進一步受到追捧。

在中國廣為傳播與接受的原因：

一是時代背景。第一次世界大戰對全世界影響巨大，一戰歷時四年多，把 30 個國家，15 億人捲入了戰爭。大戰中死亡的人數達 800 多萬，受傷的人數達 2000 多萬，所有參戰國的直接戰爭費用達 3000 多億美元，給世界造成了巨大的損失。這場戰爭給人類造成了無法癒合的心靈創傷。第一次世界大戰的殘酷造就了以海明威、艾略特為代表的"迷惘的一代"文學家。海明威的文學作品就是當時歷史時代的產物，作品展示了人類面對生存困境的行為。海明威認為在他的時代，人類在面對死亡、面對壓力，必須具有頑強拚搏、不屈不撓的"硬漢子"精神。只有用老人的方式來和這個世界進行鬥爭，才可以戰勝一切困難，生存下去。海明威以哲學作為小說的起點，以勇氣作為小說的原則，以抗爭作為小說的主旨，可以說海明威的小說是為處在困境中的西方人指明了一條道路。因此得到了全世界讀者的欣賞與接受，也被中國讀者所喜愛。

二是民族文化心理。毛澤東《愚公移山》的發表，使愚公移山神話的內涵成為中華民族精神的代表。人類的生活方式在很大的程度上是受到客觀的外界條件影響的，不同時代的人要面對不同的生存困境做出自己的選擇。《老人與海》中的老人捕魚，具有愚公移山的堅持不懈、最終戰勝困難的精神。這樣的作品主題，在中國讀者中有著廣泛的傳播基礎且被賦予了時代意義。

課堂活動

一、思考討論：

1954 年，海明威的《老人與海》獲得了諾貝爾文學獎。其獲獎原因是什麼？根據你對作品的理解，說說你的看法。

二、討論交流：

1. 比較兩部作品，在你看來，作品和讀者之間構成了怎樣的對話與交流？

> **提示**
>
> 戲曲與小說的閱讀方式不同，前者是直接的，具有面對面交流的特點；後者是間接的，要藉助於對文字的閱讀和理解，藉助於個人的想象力和創造力。

2. 戲曲的作者和讀者的交流方式是什麼？中國戲曲對中國古代的受眾有什麼影響？

3. 現代觀眾對《西廂記》的詮釋、接受與古代觀眾一樣嗎？為什麼？

4. 今天《老人與海》的讀者和 50、60 年代的讀者對作品的詮釋與接受有何相同與不同之處？

> **提示**
>
> 比較閱讀兩部作品的時空背景：閱讀是一種交流，交流是信息互換的過程。讀者閱讀文學作品時，會聯繫自己的生活經驗，融入故事中以引起共鳴，構成對作品的反映和解讀。從而使得讀者把自己實際的生活經驗和所閱讀作品的價值觀進行對比聯繫，加以覺察反思和反省。不同時空背景的讀者會從多個角度來闡釋經典作品。

三、思考與寫作：

想想看，你在閱讀和詮釋這兩部作品的過程中，哪些具體的內容或價值觀引發了你的個人反思和反省？請歸納記錄。

5 互文性

探究驅動

查看網上的資料，看看對這兩個作品有哪些評論。

一、從《鶯鶯傳》到《西廂記》

《西廂記》的故事，源於唐代詩人元稹的小說《鶯鶯傳》。小說敘述了一個普通的愛情悲劇故事：少女崔鶯鶯和書生張生戀愛，後來張生赴京應試，得了高官，卻拋棄了鶯鶯，釀成愛情悲劇。這樣的結局在當時非常普遍，突出體現了男尊女卑的社會觀念。

金代出現諸宮詞《西廂記》，又叫《董西廂》。諸宮詞是當時的一種說唱藝術，類似現代的評彈，用琵琶和箏伴奏，邊說邊唱。這本《西廂記》對內容大為增加，加入許多人物和場景，最後結局改為張生和鶯鶯不顧老夫人之命，雙雙出走投奔白馬將軍，由其做主完婚。

元代王實甫的《西廂記》使故事情節更加緊湊，融合了古典詩詞，文學性大大提高。故事內容並不複雜，作家把它寫得波瀾起伏、曲折變化。王實甫讓張生與鶯鶯得到婢女紅娘的幫助，老夫人妥協，答應其婚事，崔、張得以美滿結合，結尾改成大團圓結局。將《鶯鶯傳》張生的形象從始亂終棄的薄情小子變成了忠於愛情的癡情才子。這個結局具有鮮明、進步的反封建意義，體現了元代社會的時代精神。

二、《西廂記》對後世的影響

《西廂記》劇本完成後廣泛流行，成為對中國戲曲最有影響的作品。以後的許多著作都提過這部劇本，《紅樓夢》中的主人公賈寶玉和林黛玉都引用過這部劇本中的原詞。《西廂記》中許多人物都是民間耳熟能詳的，"紅娘"更成為漢語語言中媒人的代名詞，甚至成功的中介都被稱為紅娘。

《西廂記》開創了"才子佳人"的敘事模式，開啟了文學作品中表現愛情的主題，"願普天下有情的都成了眷屬"的男女自由戀愛觀對後世的文學藝術作品產生了積極的影響。其衝破"門當戶對"，衝破父母之命、媒妁之言的封建禮教，爭取美滿婚姻的觀念影響了後世的創作，在《梁山伯與祝英台》《牛郎織女》《天仙配》等作品中都可以找到《西廂記》的影子。

《西廂記》的內容和形式對明清以來以愛情為主題的小說戲劇有決定性的影響。《西廂記》直接影響了才子佳人小說的創作。鶯鶯的人物形象影響了文學作品中女性人物形象的塑造。

1.《西廂記》"願普天下有情的都成了眷屬"的男女自由戀愛觀對後世戲曲創作產生了積極的影響。

2.《西廂記》的內容和形式對明清以來以愛情為主題的小說戲劇有決定性的影響。

3.戲曲小說出現了無數的仿作、續作，如湯顯祖的《牡丹亭》。

4.《西廂記》直接影響了才子佳人小說的創作，如元明間傳奇小說《嬌紅記》等。

三、《老人與海》對後世的影響

《老人與海》被譽為是一則有關人的命運的寓言。作為迷惘文學的代表作家，海明威對世界文學最突出的貢獻是成功創作出了"硬漢"的典型形象。這是美國文學史上一個"現代英雄"形象。"硬漢"英雄的性格特徵是堅強剛毅、勇敢正直，無畏地面對痛苦和死亡。在困難和死亡面前，不失人的尊嚴、勇氣和決心，表現出臨危不懼的優雅風度，為人類文學寶庫增添了新的具有積極意義的形象。

《老人與海》中"硬漢子"的精神、對生命的意識、對自然的熱愛以及獨特的文體風格，對後人的文學作品具有極其深遠的影響。

《老人與海》中的主題，人類對命運、生存困境、死亡的態度，成為了文學作品中永恆的主題。

《老人與海》中老人的硬漢子形象，影響了很多文學作品中不屈從命運，抗爭奮鬥，具有堅強不屈的意志、百折不撓的精神的人物形象塑造。例如：笛福在《魯濱遜漂流記》一書中，成功刻畫了"硬漢子"魯濱遜的形象。再如：羅曼·羅蘭在《約翰·克利斯朵夫》中刻畫了平民藝術家約翰·克利斯朵夫的形象。他為了追求真誠的藝術和健全的文明而頑強奮鬥，具有強烈的反抗精神和為實現理想而不懈追求的英雄氣概。

四、《老人與海》對中國作家小說創作的影響

1.《老人與海》與《平凡的世界》

路遙（1949-1992），原名王衛國，中國當代作家，生於陝北榆林清潤縣，代表作有長篇小說《平凡的世界》《人生》等。1988 年完成百萬字的長篇巨著《平凡的世界》，榮獲茅盾文學獎。小說塑造了一個生長在中國農村，積極進取，敢於拚搏的硬漢子孫少平。

老漁人聖地亞哥是海明威塑造的最後一位悲劇英雄。貧窮而又不走運的老漁夫聖地亞哥的命運是悲哀的，而他卻又是一個真正的英雄。人的命運是無法選擇的，但是人在命運的面前，可以選擇自己的行動。英雄人物總是選擇維護做人的尊嚴，絕不向命運屈膝，不惜用生命抗爭到底。通過聖地亞哥的形象，作者熱情地讚頌了人類面對艱難困苦時所顯示的堅不可摧的精神力量。

《平凡的世界》的孫少平和老漁人聖地亞哥是不同時代中相同的硬漢子英雄。其共同特點有：不屈從命運、抗爭奮鬥，堅強不屈的意志，百折不撓的精神。

信念對人生的影響：在面對壓力的時候，不屈服於自己那充滿厄運的命運，敢於向自己的命運挑戰，只因人物心中有一份堅定不移且不折不撓的信念，所以才超越了極限，創造了奇跡。一個人並不是生來要被打敗的，你盡可以把他消滅掉，可就是打不敗他。這是聖地亞哥的堅持和信念，也是孫少平的。

2.《老人與海》與《活著》

余華《活著》通過對人物的死亡描述突出了活著主題，強調人類在面對死亡的厄運時必須活著，生命的維持就是艱難活著，具有深刻的人生主旨。面對死亡聖地亞哥表現出英雄抗爭的勇氣，福貴表現出不放棄活著的決心。《老人與海》中的聖地亞哥在面對艱難困境時勇於鬥爭，具有強大的生存信念，有強烈自覺的生命意識。《活著》中的福貴在經歷生活打磨後更多的是對生活和命運的屈服，是一種默默承受的不自覺的生命意識。兩部小說中的主人公面對死亡的境界不同：聖地亞哥面對死亡時激發的是一種人生意義，實現了對自己的

超越；而福貴面對死亡則是一種超脫的態度，在經歷一次次離別後，他沒有憤怒的控訴，而是用最平淡的態度去接納和隱忍，變得更加豁達、超脫。

3.《老人與海》與《年月日》

閻連科《年月日》中的先爺與《老人與海》中的老人不僅在年齡、行動方面一致，也保持著精神上的相通。兩部小說中兩位老人有很多相同點：都面臨著死亡的潛在威脅，都年事已高體力不支，都面對外界接連不斷的生存挑戰和死亡的威脅。兩部小說共同展示出了主人公在悲劇的命運中展現人類的勇敢與堅韌，在一次次困境中反抗死亡並且戰勝死亡所表現出的精神力量。

有評論者指出，《年月日》的小說文本在情節設置、敘述方式與人物形象等諸多方面都表現出與《老人與海》的相似。由此可以看到《老人與海》對中國小說創作從內容到形式上的影響之深。

課堂活動

一、思考討論：

1. 《西廂記》這部作品告訴了你中國古代人對愛情婚姻的哪些看法？

2. 試想中國古代人們對於《西廂記》女主角的看法和現在人們對女主角的看法有何相同與不同之處？主要原因是什麼？

3. 閱讀海明威作品中有關老人和鯊魚搏鬥的描寫，思考這個作品從被創作至今，人們對保護環境和自然的態度發生了什麼變化？會不會影響對這部作品的解讀？

4. 《西廂記》的愛情理想 "願天下有情人終成眷屬" 在過去只適用於男女異性，在現代社會有不同嗎？為什麼？

 提示

> 想象一下同性戀讀者會怎樣解讀《西廂記》。

5. 在你學過的在其他的文本中有沒有涉及到同樣的全球性問題？

二、討論交流：

不同時空讀者的閱讀影響文本意義的構建，這個問題在《老人與海》文本的閱讀中是如何呈現的？

提示

> 《老人與海》是對海明威一生思想和藝術探索的總結，也是不同讀者從多個角度來闡釋的經典作品。從它誕生以來，全世界的讀者有廣大的思想空間去揣摩、聯想、體會，可以從不同的角度進行解讀。關於《老人與海》這部小說的主題思想，很多評論家都持有不同的看法：
>
> 從宗教的角度解讀，說是寫基督的受難，老人像基督一樣歷盡苦難；從人物形象的角度解讀，作品的主人公跟英雄主義、人道精神相關。有人說，作者正是用西方古典悲劇中的命運觀來闡釋現代人的精神生活，老人是悲劇性命運的代表，是硬漢英雄；也有人從生態批評、女性視角對小說進行新的解讀。

三、分析詮釋：

假設你的身份和立場，並從你的角度評價《老人與海》這部作品。

1. 你是一個海洋生物工作者，你認為：

2. 你是一個女性主義者，你認為：

3. 你是一個將要服兵役的大學生，你認為：

四、說說寫寫：

你認為從今天的哪些愛情影視劇的女主角身上，還能看到《西廂記》中崔鶯鶯的影子，請舉例說說你的看法。

7 評估演練

一、P1 評論寫作評估演練引導題

1. 《西廂記》如何細緻生動地展現崔鶯鶯內心矛盾痛苦的心情？她為什麼一定要聽從母親的安排？你認為她和張生可以有另外的選擇嗎？為什麼？

2. 如果你是崔鶯鶯，在你和張生告別的時候，你會對他說些什麼？為什麼？

3. 《西廂記》中的老母親為什麼要反對男女主角相愛？這樣的情形會出現在如今的家庭中嗎？為什麼？崔母和鶯鶯、張生之間的矛盾和你們常見的的代溝有什麼相同與不同之處？

4. 閱讀海明威作品中有關老人和鯊魚搏鬥的描寫，從生態發展的角度，分析其作用和效果。

> 提示
>
> 　　小說中老人與大海、老人與大馬林魚以及周圍環境之間的關係體現了人與自然的協調發展。人類想要獲得長足的發展唯一的辦法只能是與大自然和諧相處。海明威對人類的生存狀態以及人類的發展和命運走向有深度的思考和準確的預測。

二、IO 全球性問題闡述評估演練引導題

1. 從《西廂記》和《老人與海》中各選 40 行，聯繫不同時空讀者的閱讀影響文本意義的構建的全球性問題，完成下面的練習：

（1）"天下有情人終成眷屬"的所指會不會隨著時代的變化而變化？

（2）不同的時代和社會環境中的讀者對於《老人與海》這部小說會有不同的解讀嗎？你如何解讀"硬漢子"精神？

2. 觀看《西廂記》和《老人與海》的影視作品，比較兩部作品的改編者和觀眾賦予了作品哪些意義？

3. 聆聽交響樂《命運》、觀看《老人與海》的影視作品，比較兩部作品

採取了哪些不同的手法技巧表達相同的主題意蘊？

4. 文本的意義是一成不變的，還是受文本的外在因素影響與時俱進的？選擇兩部你感興趣的作品進行分析評論。

三、P2 比較分析評論評估演練引導題

1. 閱讀作品，討論作者如何通過語言文字在作品中和讀者進行交流，表達出人物和作者自己的身份認同。

2. 文學作品的內容和意義可隨著讀者的不同而變化嗎？比較兩部你學過的作品，回答這個問題。

3. 為什麼說閱讀文學作品是作者與讀者之間的對話？比較本單元學過的內容，回答這個問題。

4. 中國文學作品中有哪些硬漢子的形象？以作品為例，從文學理論的角度進行分析評論。

四、HL essay 高級課程論文評估演練引導題

1. 以具體的作品為例，討論讀者接受理論的研究方法如何有助於我們理解讀者對文本與時俱進的詮釋？

2. 《西廂記》的讀者給文本創造了什麼意義？從文學理論的角度予以解讀。

Unit 4
單元四

※ 單元目錄

※ 學習目標

- 了解文學文本如何與其產生和被接受的時代社會文化背景相關聯。
- 判斷作家生存的時代社會環境和個人的成長經歷對文學作品創作的影響。
- 分析理解作家的文化觀念如何影響文學作品中對人物形象的塑造和刻畫。

1 核心概念：文化

文化是“人文教化”的簡稱。文化的概念包含了特定歷史時期一個民族的生活形式和思想意識。文化是社會價值系統的總和，人們的思考方式、生活方式、倫理道德、理想信仰、商業活動、親情友情等無不打著文化的烙印，相互間有著非常錯綜複雜的聯繫。

文學作品受到一定歷史時代的制約，不同時代的文學作品，都具有它們所處的那個時代的局限，都體現了那個時代的特色，包含了特定歷史時期的文化內涵。

文化與文學作品的關係是存在與意識、決定與被決定的關係，二者相互聯繫相互影響。文學作品是對一定時期和社會文化觀念的藝術反映，作家個人的文化觀念必然影響到具體作品的創作，其中包括作品對於男性女性形象的塑造，文字表述與描寫風格等。

 思考判斷

請根據自己的理解向其他同學解釋下面的各項陳述：

1. 社會的演變伴隨著文化的演變，小說揭示社會的變化離不開揭示文化的變化。

2. 文學作品及其譯作存在於兩種不同的文化環境，在地理位置、宗教信仰、價值觀念、歷史典故以及民風習俗方面存在差異。在閱讀翻譯文學作品時，充分考慮各種綜合因素，才能更好地理解作品。

3. 舊的文化觀念突出精英中心論，強調英雄創造時代，文學作品以帝王、英雄、才子佳人為主角。文化的新觀念提高了大眾的地位，突出多元性、豐富性，文學作品表現平民百姓、普通大眾。

4. 通過分析作品如何同情與理解文化間的差距與衝突，最大限度地達到文化交流與溝通的目的，讀者可以看出作家是否具有多元文化觀點。

討論交流

細讀下面的陳述，說明你的觀點，並舉出一些例子加以說明。在班級分享你的看法。

1. 作家個人的文化觀念決定了他作品的內容，其中包括作品對於男性和女性形象的塑造。

2. 一個作家在作品中對性別的描寫與他的成長經歷和文化背景有密切的關係。

3. 不同的文化觀念，決定了作家對於男性和女性的態度，也決定了文學作品中對男性與女性的形象塑造和刻畫描寫，在男性文人筆下的妻子、母親形象，以及女性作者筆下的丈夫、父親形象中均有體現。

歸納條理

請根據下面的題目說說自己的觀點，舉出你所學過的作品實例，並用一段文字記錄下來：

1. 為什麼不同作家筆下對男性／女性美的描寫有不同的特點？

2. 你認為這和作者的文化觀念有什麼關係？和作者個人的性別觀念有關係嗎？為什麼？

單元四

2 文學理論：心理分析批評理論

心理分析批評理論是建立在弗洛伊德精神分析理論的基礎之上的。精神分析理論，揭示出了人性之中蘊涵的非理性成分，指出潛意識是意識的基礎和源泉，有助於人類認識人的精神活動，包括慾望、思維、衝動、幻想、判斷、決定、情感等。

弗洛伊德精神分析批評學以人的深層心理為核心，將傳統的一維心理層面創構為意識、前意識、潛意識（又稱無意識）立體結構。認為作家在創作過程中，心理活動在意識、前意識和潛意識三個層面進行，有利於作品的浪漫性和深刻性，從而深化了對作家、文本、讀者以及創作過程的深化認識。

弗洛伊德認為：一切藝術創作活動都是“無意識”（包括“力比多”性本能）的表現和象徵。藝術家們用藝術的形式來滿足自己潛意識的慾望並宣洩自己被壓抑的本能。藝術作品是藝術家在本能慾望支配下製造的幻想，因此藝術家個人的生活經驗與其作品的內容之間有著不可分割的密切關係。在這種理論指導下，要研究具體的文學作品，就必須要研究作者的人生體驗和生活經歷，才能更深入地理解和評價文學作品。作家童年的經歷、性本能的壓抑，都會成為作者的創作動機，並影響作品的創作。

弗洛伊德用“戀母情結”來解釋兒子與母親之間的性愛心理，將這種對母親的性慾叫做“戀母情結”，對父親的仇視叫“俄狄浦斯情結”。從心理學批評角度說，嬰兒對母親有天然的依戀，母親的哺育和保護使他有安全感。

榮格認為：“人的心理是一切科學和藝術賴以生產的母體。我們一方面渴望用心理研究來解釋藝術作品的形成，另一方面，則渴望以此揭示使人具有藝術創造力的各種因素。”作品作為作家精神和心理世界的表現對象，是一種複雜的心理活動的產物。

心理分析批評理論為文學的分析與批評提供了一種範式，為研究文學創作與閱讀活動，把握文學的美學意蘊提供了一把鑰匙。心理分析批評理論在文學發展史上產生了深遠的影響。心理分析運用在文學作品的研究上，可幫助我們深入了解作品主題和象徵意義，避免歷史批評方法過分著重歷史和社會背景，而忽略了文學作品本身的獨立性。

因此將作家心理及其作品聯繫起來，是研究作家心理和作品的重要方法。

 討論交流

1. 深層心理（潛意識）的發現與闡釋，闡釋了作家的經歷與作品思想內容的關係，有助於讀者理解作者的想法和動機，探討文本的意義。

2. 從心理分析批評理論的角度，讀者可以更好地了解作家的創作過程、選用的創作方式以及作品的內容主題。

3. 通過心理分析批評的視角來考察文化和觀點的概念，有助於理解作品語言風格與作家文化背景、成長經歷的關係。

4. 心理分析批評理論，闡釋了作家的經歷與作品中人物形象塑造的關係，有助於讀者理解作品中人物的內心世界以及人物性格的形成與發展。

3 作者、文本與讀者

3.1 研讀作品：中短篇小說集《台北人》

一、作者

　　白先勇 (1937-)，原籍廣西桂林，父親為國民黨名將白崇禧。白先勇兒時曾患嚴重肺病，長期接受隔離治療，1951 年遷往台灣。白先勇曾在台大外文系就讀，後赴美獲碩士學位。其小說創作深受中國傳統文學的影響，代表作品有短篇小說集《寂寞的 17 歲》《台北人》、長篇小說《孽子》、文集《驀然回首》。

課堂活動

1. 查找資料，了解作者生平及其寫作背景。

2. 在你看來，白先勇個人生活經歷對他的小說創作產生了什麼影響？請利用網絡，查找資料，做出自己的解答。

3. 小組討論：白先勇曾強調說："作為一個作家，性傾向對我來說是很重要。"如何理解這句話？由此可以看出作者是一個什麼樣的人？他和其他的作家有什麼不一樣？

二、文本

單元四

 探究驅動

1. 查找資料，請利用網絡，查找資料了解《台北人》這個文本的寫作背景，回答下面的問題：為什麼說《台北人》是一幅台灣都市各階層人物今不如昔的群像圖？

2. 討論：談談文化與文學創作的關係。

（1）文本如何與其產生和被接受的時代社會文化背景相關聯？

（2）文本所產生時期流行的價值觀、信仰和態度如何影響著文本？

（3）文本在多大程度上是特定文化和文學背景的產物？

3. 以小組為單位，整理自己已有的相關知識，說說短篇小說有哪些文體特徵要素。

（一）小說的文體特徵

小說是一種敘事性文學。小說是虛構的，是小說家通過個人想象創造出來的藝術品。這一特性決定了小說中人物、情節、環境都具有的虛擬性。小說可分為長篇和中短篇小說兩大類，兩者在表現的內容和形式上有自己的特殊性。

● **長篇小說：**

1. 時間的跨度大，篇幅長，容量大，場面廣闊，情節結構複雜；

2. 人物眾多，主要人物的性格複雜，有發展和變化；

3. 敘述者的角度與方法多種多樣。

● **中短篇小說：**

1. 篇幅短小，人物少，一般集中刻畫一個人物，其他人物則作為陪襯，為突出主要人物服務；

2. 場景集中，一般在較為集中的一兩個或幾個場景中，描寫自然環境和社會環境背景，展開故事，刻畫人物；

3. 截取生活的一個橫斷面，不寫人物的一生，而選取其經歷、性格中最突出的部分進行刻畫描寫；

4. 情節單純，一般以一件事或一種事物作為貫穿全篇的情節線索，牽引出若干個小的情節來表現人物，突出主題；

5. 突出精選的細節，細緻地刻畫人物，達到以精煉的語言描寫，產生強烈藝術效果的目的。

白先勇的《台北人》就是典型的中短篇小說。

（二）《台北人》的內容簡介

白先勇的短篇小說集《台北人》由14篇短篇小說組成。小說描寫了特定歷史時期大時代的變遷之下，一群由大陸遷往台北的人的困境與悲劇。塑造了置身台灣社會的各個階層的眾多具有典型意義的人物形象，這些人物在無法抗拒與抵禦時間流逝、家國巨變以及個人際遇無常的命運捉弄下，過去和現在構成了鮮明的對比：

過去：青春、激昂、貞潔、純情、奢華、人性、誠實

現在：衰老、消沉、放蕩、肉慾、萎敗、獸性、荒誕

（三）《台北人》的人物形象

在《台北人》的世界中，有達官貴人，如《永遠的尹雪豔》中的吳經理、《梁父吟》中的樸公和雷委員、《遊園驚夢》中的余參軍等；有風月場中的戲子舞女、交際花，如《永遠的尹雪豔》中的尹雪豔、《遊園驚夢》中的錢夫人、《金大班的最後一夜》中的金兆麗、《孤戀花》中的阿六等；有達官貴人的隨從部下，如《梁父吟》中的賴副官、《國葬》中的秦義方、《遊園驚夢》中的程參謀等人。作品中的女性人物形象值得特別注意。

 課堂活動

一、人物分析：

1. 每個小組從《台北人》的14篇短篇小說中，選擇一篇作品分析作品中的人物，搞清楚人物關係，並用文字給每個人畫像：

人物的姓名、身份？	與主要人物的關係？	典型的言語行為？	性格特點？	代表哪一類型的人？	你喜歡嗎？為什麼？

2.《台北人》中有哪些女性人物形象？作者為什麼賦予女性人物突出的母性特點？比較分析《一把青》《花橋榮記》《金大班的最後一夜》《孤戀花》中的女性人物有什麼相同和不同之處。

3.小說的人物塑造和作家的人生經歷及文化觀念有什麼關係？這種"母性"的描寫和白先勇本人的人生經歷、文化觀念有什麼關係？

提示

思考角度：
（1）中國傳統的家庭價值觀非常鮮明，男女角色和權利不同。
（2）在中國文化中，女性傳統上處於從屬地位，是弱者。
（3）被稱頌的母親的形象是無私克己的。
（4）白先勇個人童年經歷與"戀母情結"對創作的影響。

二、演示交流：

每個小組選擇一篇短篇小說進行表演，分角色扮演。說說劇中人的相互關係及其相互影響。你覺得小說的主角是一個怎樣的人？

三、討論評議：

看完了表演你們覺得這部作品中的人物和作者的個人經歷以及性別身份認同在何種程度上有怎樣的關聯？請舉出作品的例子說明，展開討論。

四、寫作：

請用一個段落，記錄你的看法和評價，300-500 字。

（四）《台北人》的藝術特色

對中國古典小說藝術的繼承與發揚，繼承了中國古典文學的傳統：

1. 小說的敘事技巧

《台北人》中的大多作品都採用了旁觀者敘述的架構。作者借用一個最合適的旁觀者來觀察事態，讓這個人用第一人稱來講述故事。講述者"我"（"我們"）既是旁觀者和敘述者，又是小說中的人物，令小說呈現出了全方位視角（全知觀點）。這個敘述者還有自己獨特的性情和評判方式，起到了渲染情緒、引領讀者的作用。

2. 人物形象的塑造

《台北人》塑造人物的策略是把人物經歷的往事和眼前的事件交織在一起，突出人物的形象特點。在敘述現在的故事時，穿插人物以往的故事，以往是美麗的，現實是醜陋的，今昔對比展示出人物的命運，營造出了歷史的滄桑感和人生的無常感。在女性形象的塑造上，作家以女性為主人公，並以女性的視角來透視生活，表達作家對人生與命運的思考，對女性的同情與悲憫。

3. 嚴密多樣的藝術構思

按時間順序結構情節橫縱交織，很多短篇都採用了一種以時間為軸的縱向敘事法，又加入了橫向情節的描寫，構成橫縱交織的故事情節。

4. 真實典型的細節描寫

《孤戀花》對娟娟的描寫："三角臉、短下巴、高高的顴骨、眼塘子微微下坑，一副飄落的薄命相。"《一把青》中朱青的衣著打扮、一舉一動更是"傳神"地道出了朱青幾年前後心態的巨大變化。由一個"面皮泛著些青白，頗為單瘦"的羞澀內斂的女孩蛻變為"雙頰豐腴，肌膚緊滑，顧盼間露著許多風情"的婦人。白先勇通過描畫人物的外貌來刻畫人物性格，表現人物複雜的心理以及社會關係。

5. 宿命的結局，悲劇傾向

主要表現在兩個方面：其一，《台北人》在塑造小說人物時，注重採用"過去"與"現在"的今昔對比，突出人物今不如昔的困境際遇；其二，為小說人物安排悲劇結局，突出人物或是肉體或是精神死亡的命運，表現了人生無常的宿命觀和悲劇傾向。

6. 文言、傳統白話和現代白話相糅合

例如，《梁父吟》中，以古詩詞"錦江春色來天地，玉壘浮雲變古今"等入文，形成了獨特的語言風格。小說寫人狀物都能夠達到恰如其分的效果，給人深刻的印象。

課堂活動

一、朗讀《花橋榮記》的第一段，分析白先勇的語言特色：

> **提示**
>
> 以第一人稱的敘述視角，借老闆娘的口描述了當年花橋榮記米粉的興盛景象，整段話洋溢著動人的生趣，將老闆娘的身世和盤托出，精煉動人。

二、閱讀作品《花橋榮記》，配合觀看電影，對小說進行分析，以 PPT 的形式在班裏和同學交流，內容包括：
1. 《花橋榮記》的人物形象特點
2. 《花橋榮記》的敘述視角及其情節結構特色
3. 《花橋榮記》的主旨與內涵
4. 《花橋榮記》中人物的對話及語言特色

三、以小組為單位，閱讀小說文本，找出引起你關注的小說的慣用手法，填寫下表：

文本特徵	作品實例
對比	
隱喻	
象徵	
反諷	
女性形象的描寫	
男性形象的描寫	
自然景物的描寫	
場景描寫	
小說開頭的方式	
小說結尾的方式	

四、閱讀白先勇《台北人》中的相關作品，討論下面的問題：

1. 你如何看待白先勇對死亡的描寫？你認為這和作者的人生經歷有關聯嗎？

提示

　　心理分析批評重視人格發展的過程，認為人格的構成、性別的認同以及性格的養成與個人在嬰兒期的生活經驗有莫大關係。白先勇少時曾患嚴重肺病長期接受隔離治療，其人格結構或多或少受到成長過程中缺乏團體活動的影響而變得悲觀。在他寫作的時期，父親白崇禧失勢，經歷了家庭榮辱興衰，使得白先勇的作品中總有一種莫名的感傷和失落。白先勇的《台北人》有多篇目觸及死亡，作品中主人公的遭遇和性格特質充滿宿命的意味。

2. 《台北人》中有哪些篇目觸及了死亡？每一位同學從自己喜歡的篇目中找出一段相關的描寫片段進行分析，可以從下面幾個方面考慮：

（1）人物死亡的原因是什麼？

（2）作者用了哪些手法技巧描寫死亡？

（3）讀者得到的信息是什麼？對理解主題有哪些幫助？

3. 從《台北人》小說人物的死亡以及作品的悲劇結局，可以看出哪些中國傳統文化因素對作家的影響？

提示

　　白先勇繼承了中國古典文學傳統的宿命論觀點。

4. 《台北人》中有哪些篇目寫到了同性戀？

5. 閱讀《滿天裏亮晶晶的星星》和《孤戀花》，每一位同學從自己喜歡的篇目中找出一段相關的描寫片段進行分析，可以從下面幾個方面考慮：

（1）作者如何刻畫小說中的男性角色“美少年”？外貌描寫有什麼特點？

（2）人物的結局如何？作者在人物上寄託了什麼樣的情感？

（3）讀者得到的信息是什麼？對理解主題有哪些幫助？

提示

　　《台北人》中具有較為明顯的同性戀意識或涉及同性戀主題的小說有兩篇。《滿天裏亮晶晶的星星》講述了當時新公園晚間聚集的男同志社群的故事，是此時期的第一篇同志短篇小說，透過對朱焰的人物刻畫突出了小說的主題。《孤戀花》描寫了女同性戀的故事。從故事的情節可見，作者認同女性同性戀的成因正如西蒙·波伏娃形容的那樣，不是天生的而是後天社會環境所致。

五、朗讀表演：全班同學圍坐在地上輪流表演各自選出的片段，相互聆聽，然後討論：

1. 朗讀者的聲音、語調，以及表情和動作如何影響到所表達的意思和聽眾的理解？為什麼？

提示

　　相同的文字可以有多種演示表達方法。

2. 這個片段的準確意思是什麼？這幾句話突出了人物什麼樣的性格特點？為什麼？

3. 這個片段和小說的主題有怎樣的關聯？

一、作者

　　三島由紀夫（1925-1970），日本作家。三島生於東京一個官僚家庭，是日本戰後的文學大師之一，曾經兩次被提名為諾貝爾文學獎候選人，很多著作被翻譯為英法等多國語言，在西方世界得到極大關注，甚至被譽為“日本的海明威”。三島一生共創作 40 部中長篇小說、80 餘部短篇、33 個劇本，以及大量散文。他的代表作有《虛假的告白》《潮騷》《春雪》《志賀寺上人之戀》《金閣寺》等。

課堂活動

作者研究，查找資料回答下面的問題：
1. 作家三島由紀夫的成長經歷和日本的傳統文化對他的人生有什麼影響？
2. 在三島由紀夫的文學作品中如何體現出日本武士道文化精神？

二、文本

（一）《潮騷》的內容簡介

　　《潮騷》是一部以戰後漁村生活和愛情為題材的中篇小說，主要描寫貧苦青年漁民久保新治和財勢雄厚的船主獨生女宮田初江相愛，兩人幾經挫折，堅貞不渝，終成眷屬的曲折歷程。《潮騷》中的故事發生在環境封閉優美、人情樸實的小海島——歌島。作品以高度的文學技巧和強烈的三島由紀夫個人色彩，勾畫出一個世外桃源，反映了他對世界、對美的看法。

　　18 歲的漁民新治與寡母及弟弟生活在一起，他“身材魁梧，體格健壯”，性格靦腆，家境貧寒，人品質樸，是全家的支柱。在偶遇島上的大戶人家宮田照吉家的女兒初江後兩人一見鍾情。但這樣門不當戶不對的戀愛受到外界的阻礙。初江的父親宮田照吉得知此事後，立即禁止初江再與新治見面；出身於村裏名門的年輕人安夫也想得到初江，並妄圖侵犯她。後來，在宮田照吉的秘密安排下，新治和安夫同時到遠遊輪上工作。新治在遇到暴風雨時，臨危不懼跳入海中營救了遇難的小漁船，打動了初江父親的心，同意了二人的親事。新治憑藉自己的勤勞與勇敢戰勝了情敵。

（二）《潮騷》的人物塑造

小說以一對年輕人純樸的青春愛情故事為主線，描寫了新治的苦難生活和愛情歷程，以富家子弟安夫的愛情失敗和家貧如洗的漁民新治的愛情勝利，揭示了"自古英雄多磨難，從來紈綺少偉男"的道理。小說中的兩個男性人物具有強烈的性格反差，小說的情節栩栩如生，戲劇衝突有聲有色。

作者把男主角新治塑造成了一個完美的形象，借他來展示自己的審美理想，揭示作品的主題。作者在新治的形象塑造上採用了將傳統與現代相互結合的方法，把日本傳統中武士的勇武、仁義和自我犧牲及現代男性對女性的尊重體貼等種種的美集於他一身，具有鮮明的特點。

初江通體洋溢著純真之美。她敢於衝破世俗偏見，鄙視門第財產，執著追求愛情，熱烈憧憬美好的未來。儘管她和新治從性格到家庭環境都有很大差異，但他們那種純樸而又善良的內心世界卻是相通的。照吉故意製造障礙來培養女兒的愛情，表明青年只有經風雨，見世面，嘗過人間辛酸，才能獲得真正的愛情。

課堂活動

思考討論：

1. 作品中男性青年形象的設計，男性美的"精神與肉體的均衡"，如何體現作者的文化觀念？

提示

男主角新治的特點：外表身材魁梧，體格健壯；內心仁義，嚴守道德標準尊重女性，並敢於自我犧牲以成就大義。

《潮騷》塑造人物的方法：作者突出了傳統日本文化的觀念使新治具有了傳統日本武士特性，塑造了一個完美男人的形象。他強壯的身體下有著一顆真誠善良的心；勤勞工作的同時有著沉默寡言的性格；更難能可貴的是他願意犧牲自己，用自己的力量去挽救船員的性命。新治的這些形象特點都可以聯繫到傳統日本的武士身上：英勇、仁義和犧牲精神。

2. 三島對男性的崇拜，在作品中是如何表現出來的？

> **提示**
>
> 　　有評論認為，三島對男性的崇拜，主要表現在對男性雄壯肉體的追求上。在《潮騷》中，突出描寫了混合著陽光與海水氣息的大理石雕像般的雄壯肉體，裸露的、肌肉感的、年輕的身體代表著現代的、健康和體育的美。這種肉體美的描寫，突出體現了三島對男性的崇拜。在作品中多有描寫，應注意細節描寫。

3. 女性形象的設計有什麼特點？

> **提示**
>
> 　　裸體美，愛和道德的和諧統一，作者有意把初江塑造成一個很完美的女性，反映了作者的一種理想──對純潔的愛情的幻想，並利用一對年輕人的愛情故事來反映肉體和精神的均衡美。
>
> 　　對女性外在肉體美的描寫：乳房健碩。乳房，是一個有生命力、有活力的象徵。對女性內在心靈美的描寫：自然、淳樸、純潔，對愛情的忠誠，勤勞。

（三）《潮騷》的藝術特色

1. 美感強烈

　　《潮騷》是一個漁歌式的樸素純真的故事，如風情畫般浮現在日本的一個小島歌島上。海島的自然景色很美，海島上的人和人情更美，那是一種充滿生命力健康自然的美。新治和初江，故事裏的男女主人公，在這樣的環境下萌發產生的愛情，也是那樣純真自然動人。兩個年輕人的結合沒有被金錢、地位、權力等世俗的東西污染，始終保持著純潔、質樸、真誠的本質。作品中展示了一幅具有濃厚的地域文化、風土人情、青春氣息、理想色彩的多彩畫卷。三島在《潮騷》裏描繪了一幅海的兒女與母親之海共生共榮的漁歌式理想之鄉的圖畫。透過那輕拂而來的海的氣息，我們可以深深地感受到三島的"大海情結"的摯熱。作為母性存在的海固然與島國的漁獵生活密不可分，也是三島無限憧憬和崇拜的對象。自幼在西洋的文學、歷史、哲學的浸染中成長起來的作家三島在《潮騷》中編織了一個異國情調濃厚的童話世界。

　　小說以一個與文明隔絕而瀰漫著淳樸之美的小島為背景，建造了一座遠離陸地的芳草鮮美、綠樹蔥蔥、人與自然和諧共生的東方伊甸園。塑造了久保新治、宮田初江以及大山十吉、龍二等漁民群像，表達了他們的喜怒哀樂，展示了他們的思想和靈魂，歌頌了生活勞動在伊勢海灣歌島村的純樸漁民們那種自強不息的精神。

《潮騷》是三島由紀夫小說世界中一件唯美的作品。作品描寫了獨特的自然風景美、樸素的民風民情美、純潔的愛情美、青春的肉體美、詩情畫意的文字美，還特別描寫了純美的人物，主角外形美、道德美、心靈美、品格美、行為美、情感美，幾乎無處不美，因此被譽為一部具有傳奇色彩的愛情童話小說。

2. 情感純真

《潮騷》對青春、愛情的描寫構成了小說最鮮明的特色。《潮騷》描寫了一種純粹、潔淨，只有情、沒有慾的愛情，這對男女戀人始終沒有超越倫理道德所允許的界限，保持了精神與肉體的平衡與完美。從年輕人的戀愛主題來說，可以看作是一部完美的傑作。新治和初江的愛情只有崇高的情和純潔的愛，沒有肉慾、猥雜的成分，可謂至純至潔。作家藝術地將人物的生活、勞動、思想、感情鑲嵌在大海的自然畫框裏，借自然環境來寄意抒情，創造了一種自然美的獨特魅力，同時展示了青春男女靈與肉的均衡與美好，讓生命、活力、健康、善良、誠信等人性、人情之美，達到了回歸自然，返樸歸真的理想境界。作品貫穿了自然美與人情美，將傳統的、古樸的美與現代人的生活完整無瑕地結合在了一起。

3. 象徵手法

標題"潮騷"，指潮水湧動波浪拍擊岸邊的騷動與喧囂，象徵著人的青春、激情、熱血及性衝動在身體內部的湧動與激蕩。

作者將"熱血"與"潮流"——人性的美和自然的美相呼應，符合日本人天人合一的理念，展示了三島追求的理想境界。小說中有一段描寫可為佐證："年輕人感到包圍著他的豐饒的大自然與自身，是一種無上的調和。他覺得自己的深呼吸，是仿造大自然的、肉眼看不見的東西的一部分，他深深滲透到年輕人的體內深處，他所聽見的潮騷，彷彿是海的巨大的潮流，與他體內沸騰的熱血的潮流調和起來了。新治平日並不特別需要音樂，但大自然本身一定充滿著音樂的需要。"

4. 象徵意象

八代神社和燈塔是歌島最宜眺望風景的優美場所。燈塔在現實生活中，發揮著實實在在的作用。神社的宗教色彩濃厚，它們皆在兩地居民的心目中作為守護神被尊崇和敬仰。

5. 精彩的場景描寫

（1）19歲的窮苦漁民新治，出海打魚歸來，在海岸的勞動婦女中看見了初江。晚霞，海風，女孩的秀髮和肌膚，在勞動的婦女中只有她——歌島富商宮田照吉寄養在外地的掌上明珠初江分外光彩，新治柔情漫溢，漸生愛慕之情。作者筆下的女性透露著健康有力的美好。

（2）兩人幽會的一場戲：海島山腰廢棄的破屋，男女主人公相會，解脫世俗束縛，像是寒冷之中的一團火，激烈燃燒起愛慾的火花。而屋外，可以清晰聽到暴風雨暴戾的洗刷聲，還有海潮恣意的騷動聲。

在這兩個場景中，對話很少甚至根本沒有，作者只通過對人物細微表情、動作和心理狀態的描寫，結合對周圍場景的情緒化的反映，就傳神地描繪出了一幅幅優雅、含蓄、純情的精緻畫面。

 課堂活動

一、思考討論：

1. 作品中有哪些具有重要意義的象徵意象？它們在表達作品的主題內涵以及突出作品的風格特色等方面起到了怎樣的作用？產生了怎樣的藝術效果？

2. 請分析下面一段情景描寫，評論其對於塑造人物、表現主題的重要意義。

> 年輕人用胳膊緊緊抱住少女的身體，兩人都聽見彼此裸露的鼓動。長吻給無法滿足的年輕人帶來了痛苦。然而，這一瞬間，這種痛苦又轉化為不可思議的幸福感。稍微減弱了的篝火，不時蹦跳出幾顆火星子。兩人聽見這種聲音，也聽見掠過高窗吹進來暴風雨的呼嘯，以及夾雜著他們彼此的心臟的鼓動聲。於是，新治感到這種永無休止的陶醉心情，與戶外雜亂的潮騷和搖樹的風聲在大自然的同樣高調中起伏翻動。這種感情充溢著一種永無窮盡的淨福。

3. 小說中有哪些吸引你的自然環境描寫？這些描寫起到了什麼作用？

提示

《潮騷》對大海的描寫，對海島的描寫非常精彩。海是人物描寫的重要的背景環境，融入、突出了人物本身的肉體美與精神美。"從二樓的窗口可以望及的太平洋的寬闊無垠的景觀，儘管視野被雨雲弄得狹窄了，但是一片滔天白浪，其兇猛之勢，使四周在灰黑的雨雲中朦朧不清……新治難為情，躊躇了一下，隨後就不言聲，開始脫掉圓領毛衣。他在脫掉衣服之後，身上只剩下一塊兜襠布，一個比他穿著衣服時英俊得多的裸體站立在那裏了。"《潮騷》所要表達的，是一種自然、生命、人情相結合的美。

二、交流分享：閱讀作品，說說《潮騷》給你的印象，選擇一個章節細讀分析，以 PPT 的形式在班裏和同學交流，內容包括：

1. 小說人物形象的特點

2. 小說的情節特色

3. 小說的主旨與內涵

4. 小說的手法技巧

三、演示交流：扮演小說中的一個角色，說說他／她的苦惱或快樂，你覺得他／她是一個怎樣的人？

四、同學評議：看完了表演，你們覺得這部作品和作者的文化背景有怎樣的關聯？請舉出作品的例子說明，展開討論。

五、寫作：請用一個段落，記錄你的看法和評價，300-500 字。

六、表演：從《台北人》和《潮騷》中各選出一個 40 行的段落，進行朗讀表演，感受一下：

1. 比較兩個作品中不同時代的男性人物，作品中怎樣描寫他們的青春美？

2. 比較兩個作品採用了什麼手法、刻畫了怎樣的女性形象？作者在男性和女性人物身上傾注了什麼情感？

一、作品的時空背景

（一）《台北人》的創作背景

　　《台北人》創作於 1965-1971 年，以 1949 年來自大陸的各個階層的台北人為描寫對象，展示抗戰後遷台的人們的過去與現在的遭遇，以及今不如昔的命運。《台北人》表現了時間上的今昔之比，也表現出空間上的漂泊之感。

（二）《潮騷》的創作背景

　　1951 年 26 歲的三島第一次來到希臘找創作源泉。古希臘的男性英雄式愛慕、日本武士道對美之極致追求，三島由紀夫對男性的崇拜，對男性肉體美的迷戀，這些促使三島以古希臘作家朗戈斯的《達夫尼斯和赫洛亞》為藍本創作了日本式的傳奇愛情小說《潮騷》，讚美樸素真摯的愛情。1954 年小說出版，表達了三島頗具理想主義色彩的烏托邦構想，流露出他對理想世界的歌頌與嚮往。

二、文本的傳播與接受

（一）《台北人》的傳播與接受

　　白先勇的《台北人》始創於 1960 年，1971 年結集出版。60 年代起就在台灣現代文學以及海外華語文學圈廣泛傳播，並被譽為海外華語文學的經典。由於歷史原因，1981 年後《台北人》才開始在大陸出版發行，隨後擁有大量的大陸讀者，成為新時期最早進入大陸並逐步走向"經典化"的台灣作品。人們不僅把它看作是文學作品，也將它看作是一部中國的特殊歷史時期的民國歷史。將門出身、頻繁的媒體"曝光度"與"親民之舉"、新作的成功宣傳等，都有利於白先勇作品的暢銷及其華文經典作家形象的塑構，吸引了越來越多研究者的矚目。同時，《台北人》由作者白先勇和美國學者葉佩霞合作完成了英譯，其英譯本的問世使得這本小說集在國際範圍傳播，被更多的讀者接受。

（二）《潮騷》的傳播與接受

1954 年《潮騷》出版獲得空前的好評，成為年度暢銷書第三名，獲第一屆新潮社文學獎。1975 年《潮騷》被搬上銀幕，由三浦友和與山口百惠主演。這部小說成為當年的暢銷書，還引發一股命名熱，許多女孩都叫 "初江"。《潮騷》在日本很受歡迎，多次被改編成影視與戲劇作品在熒幕和舞台上演，也是享譽西方、最暢銷的小說，還被翻譯成多種語言在西方各國傳播。有讀者將三島由紀夫稱為 "日本的海明威"，引發了很多學者的研究。

《潮騷》在中國命運多舛。由於中日戰爭的歷史原因，三島由紀夫長期以反動的軍國主義法西斯形象出現，受到大力批判，其作品也被禁止傳播。80 年代，在中國大陸對其作品仍有著激烈的政治形勢、傳統文學觀念等方面的論爭。直到 90 年代，對三島由紀夫的文學研究擺脫政治的批評，《潮騷》的譯作才得到了越來越多的關注和解讀，被更多的讀者接受。

 課堂活動

一、思考討論：

　　1. 你認為今天的讀者和 40 年前的讀者以及 50 年後的讀者對《台北人》的感受有什麼不同？

　　2. 請試想一下不同的年齡或不同文化背景的讀者閱讀《潮騷》會有怎樣不同的感受？

二、文學文本在多大程度上能夠為讀者提供對另一種文化的深入理解？

 提示

　　當我們學習一個文學文本時，這個文本為我們提供了與我們自己以外的文化互動的機會。文學作品保存了人類與大自然互動下的生活記憶、情感衝突，以及蘊含其中的理想與共識，超越了我們自己的界限和文化，作家將個人經驗轉化為人類共同的經驗，將文化的觀念通過文學的方式與讀者共享。文學作品中的各種符號，包括自然的、身體的，以及身心經驗的，都傳遞著明顯的或隱蔽的文化信息。

　　由於文化是動態的、有機的，可以隨著時間的推移而發展、變化，所以，文學文本的產生和讀者對文本的接受都必然會受到各自特定的文化或歷史背景的影響。

三、分析評論：

1. 以《潮騷》為例，說說文化或歷史背景對於作家的人生以及文學文本的產生的重要性。

其一，日本文化對作家的影響：

1970 年，三島由紀夫在發表以"為了糾正國家的扭曲根本原則"為題的演講後，在演講現場緊握著手裏的短刀，做了一件頗具中世紀日本武士之風的事——切腹，結束了自己 45 歲的生命。

三島由紀夫自殺的原因，是對逝去的傳統——日本傳統的武士道精神的追求，是對日本文化的繼承。日本文化中的死亡文化對三島由紀夫自殺有很大的影響。李澤厚在《中日文化心理比較說略稿》中寫道："也許由於多山島國異常艱苦的生活環境，死亡的降臨有突發性、襲擊性和不可預計（如多地震、台風的特點），這使得人生無常的觀念比中國似乎帶有更為沉重的悲淒感傷而無可如何。"李澤厚認為，正是包括這一因素在內的諸多原因，使日本人民有了"惜生崇死"的心理。在他看來，"惜生"是珍惜生命，"崇死"則乃積極主動地向神的歸依，故呈現為對死亡的尊重、崇拜、和病態的美化、愛戀，而三島由紀夫的作品和行為便反映了這種心理。

其二，日本文化對寫作的影響：

"死亡"一直是三島由紀夫的文學世界裏重要的主題之一，而他筆下選擇剖腹自盡的角色也不在少數。《憂國》中，主人公武山中尉在遇到"既不能違背道義，也不能違背軍令"的兩難處境，便只能在與妻子享受歡愉之後剖腹而死。《奔馬》中的飯島勳也是如此，對日本社會道德淪喪的現狀感到憤慨的他，將一個作為洩憤對象的金融家藏原武介殺掉後，在海邊切腹自殺。這些人物的命運不僅與作品的故事走向有關，其實更與作家本人的心態有關。三島由紀夫在自殺前也曾給美國的文學評論家唐·納德金寫過信，說"很久以前，我就想作為一個武士，而不是一個文士去死。"這似乎成了他自己結局的映照。

其三，三島由紀夫本人的經歷也與他的自殺有關。

他那孤獨、陰鬱的童年給他造成了巨大影響。自出生後的第 49 天，三島由紀夫便被嚴格、強勢的祖母養育，就連母親都只能定時來餵奶。他祖母還不允許他外出，也不能玩一些比較激烈的男孩子的遊戲，只是挑選幾個女孩子來陪他玩。這不僅讓三島由紀夫失去了孩童原本擁有的天真和活潑，還讓他身體的健康程度大打折扣，以至於在他五歲那年患上尿毒症。後來，即使病症完全痊癒，死亡那沉重的氣息和陰影還是給三島由紀夫帶來了不可磨滅的恐懼，也影響了他自身的世界觀、美學觀等觀念。

《葉隱》等書宣揚的武士道精神也"催化"了三島由紀夫的切腹行為。《葉隱》是一本關於武士修行並崇仰忠君、大義、殉死的書，被視為"武士道的精神源泉"。三島由紀夫不僅曾對這書進行過解說，還讚揚"假如說曾有一本書連續 20 多年內令我愛不釋手、常看常新、從來沒有厭倦過，那必定是《葉隱》了。"甚至，在他的遺作《辭世》中，他都不忘表露自己的武士道精神——"武士胯下刀，鞘中隱作響。堪忍已數載，今日映初霜。"由此可見，三島由紀夫受武士道精神的影響頗深。除了武士道等精神的影響，三島由紀夫的切腹與當時的時代社會環境——天皇有關。戰爭期間，他受到日本浪漫派"皇國傳統"等思想的影響，不滿與戰後的美國民主體制及天皇自身的想法，提出"文化概念上的天皇"，並誓要恢復天皇成為國家與民族的象徵。在《天皇防衛論》和《太陽與鐵》兩篇評論中，他表達了對天皇制"復活"的嚮往。

2. 時間與空間對於同性戀文學文本的產生和被接受的重要性。

提示

　　早在古希臘時期西方社會就有對男同性戀的文學書寫，這與當時的社會建構和文化觀念有關，男同性戀帶有強烈的政治化和哲學化意味被認為是高尚的。到了中世紀，社會對同性戀予以嚴厲壓制。這一時期的男同性戀書寫沒有得到明顯的發展。文藝復興時期，文學出現了不少男同性戀的描寫。在文藝復興開放自由的風氣下，男同性戀文學得到了"重生"。19世紀，惠特曼的《草葉集》《道林格雷的畫像》等作品都帶有濃鬱的男同性戀文學色彩。20世紀，人們開始以更為平視和包容的角度去看待同性戀，托馬斯·曼的《死於威尼斯》、福斯特的《莫瑞斯》、安妮·普魯的《斷背山》都是同性之愛的代表作。

　　本單元研讀的兩位作家三島由紀夫和白先勇都寫了同性戀文學作品。

　　三島由紀夫的《假面自白》（1949 年）是帶有強烈自傳性質的作品，展現了"我"由於從小在陰鬱的家庭環境下長大，性倒錯歷程，生性自閉的"我"對"死、夜和熱血"懷有病態的偏好，並對男性健美的肉體產生熱烈的慾望。三島由紀夫同性戀的內心自白也揭示了他的死亡美學的根源。在小說《潮騷》中，也突出體現了他對男性健美的肉體的偏好。

　　白先勇在 1988 年即公開其同性戀性傾向，在許多訪談中也曾公開承認其同性戀者身份，在創作早期就寫下了許多有同性戀情節的作品。

　　白先勇的《孽子》是一個關於男同性戀的群像故事。小說描寫了同性戀在當時被看作是"不合法的，不被承認的國度"，用這個故事來"反抗父權"。故事中的父親代表了當時社會的主流觀念，認為同性戀是違反倫理的存在。在《台北人》中，也有關於同性戀《滿天裏亮晶晶的星星》以及女性同性戀的作品《孤戀花》兩篇作品。

　　和其他的同性戀作品一樣，這兩位作家的文學作品中，通過對同性或異性的愛情故事描寫，呈現了作者自身的情慾掙扎，涉及到了文化環境和成長經歷對自己同性戀的身份認同的影響。這兩部作品也對後來的同性戀文學創作以及讀者對同性戀文學的接受都產生了重大影響。

單元四

5　互文性

　探究驅動

小組討論：從哪些作品中可以看到作品之間的相互吸收與影響？

　課堂活動

理解分析：

1. 試分析《紅樓夢》對白先勇《台北人》的悲劇意識的影響。

    提示

   　　可以從女性人物的刻畫描寫、人物的悲劇結局、人生無常的感慨的角度加以分析。

2. 三島由紀夫的《潮騷》在哪些方面受到了古希臘朗戈斯的《達夫尼斯和赫洛亞》的影響？

   提示

   　　《達夫尼斯和赫洛亞》是三島由紀夫寫《潮騷》的藍本，其影響主要表現在：選擇與文明隔絕而瀰漫著淳樸美的小島為背景；田園詩式的愛情小說，主人公樸素、真摯的愛情故事；古希臘對力量的崇拜，對男性肉體美的迷戀的描寫。

3. 有人說沈從文的《邊城》和三島由紀夫的《潮騷》有驚人的相似之處，你如何看？

提示

可以從男女主角及愛情故事的角度對比。也可以參閱網絡文章：《沈從文的桃花源與三島由紀夫的伊甸園》。

4. 分析《台北人》中的女性形象及其互文性。

提示

互文性可以理解為不同的文本相互參照可以產生多於一種內涵，而其內容是有跡可尋的。以張愛玲《金鎖記》中的曹七巧與白先勇筆下《金大班的最後一夜》中的金兆麗來分析比較：沒有高尚的情操，沒有神聖的愛情，擁有慾望和掙扎，不是傳統意義上的美好女性，在愛情和經濟保障中掙扎。白先勇和張愛玲所書寫的文化背景、心理、細節描寫都有文本互涉。張愛玲與白先勇有著相似的世界觀及價值取向：女性人物不管自己如何選擇，最終都迎來悲劇的宿命。

單元四

探究驅動

　　文化、認同和社區——時代文化環境個人成長經歷對作品內容的影響，這一問題在《潮騷》的文本中是如何呈現的？

提示

　　三島由紀夫出生於東京一個顯赫的家庭。祖父和父親軟弱順從，祖母威嚴強勢。童年的三島被祖母當小姑娘一般教養，只允許他和女孩子玩，禁止他和男孩子接觸，祖母的嚴苛管教養成了他偏愛孤獨和嬌弱的性格。青春期時，三島對異性的初戀以夭折告終，他的同性戀傾向漸趨定勢。

　　小時候的三島身體很弱，對自己的生理條件感到自卑，影響到個人性格的發展，也影響到他的作品創作，如他的名作《金閣寺》裏的主角就是一個被自己的生理條件所困擾的男子。這就是他自己的身影。

　　日本一脈相傳的神道教和主導倫理的儒學也充斥了三島的思想和精神生活。三島自身對武士道文化的崇尚和對武士道精神的秉承，影響了他的人生及文學創作。三島說過，《葉隱》作為我的人生老師，實在是一部十分重要的書。《葉隱》是一部武士修養的教科書，宣揚大義和殉死，是日本近古一種特殊的文化現象——武士道的文化精神。

課堂活動

一、比較分析：

1. 聯繫時代文化環境、個人成長經歷對作品內容的影響，分析和評論兩位作家對作品人物形象的塑造。

2. 在你研讀的文本中，一個人的性別身份是如何形成的？如何借用心理分析批評理論豐富你的理解？

二、概念理解：

1. 文學文本如何反映、呈現文化習俗，或構成文化習俗的一部分？

2. 我們如何研讀不同於我們自己的時代和文化的文學文本？

單元四

一、P1 評論寫作評估演練引導題

1. 閱讀白先勇的其他小說作品，評論作家的文化觀念和成長背景對於作品創作的影響。

2. 用戀母情結分析白先勇對作品中女性形象的描寫，以及女性人物的結局。

3. 《潮騷》這個愛情故事和你身邊發生的、你所了解熟悉的愛情故事有什麼相同和不同之處？作者這樣寫，可以表達出什麼樣的思想傾向？請舉例分析評論。

4. 選讀一篇短篇小說，分析作品以何種文學手法探討作家的文化觀念如何影響文學作品中對人物形象的塑造和刻畫？

二、IO 全球性問題闡述評估演練引導題

1. 從《台北人》和《潮騷》中各選 40 行，聯繫時代文化環境、個人成長經歷對作品內容的影響這個全球性問題進行分析和評論，說說兩部作品採取了哪些不同的手法技巧，表達出相同的全球性問題。

2. 比較白先勇和三島由紀夫的小說，談談兩位作家對男性美的描寫有何相同之處。

提示

　　和白先勇一樣，在三島由紀夫的肉體崇拜的形成過程中，聖塞巴斯蒂安佔據著非常重要的地位，他是三島由紀夫肉體崇拜的啟蒙者，也是三島性倒錯的源泉之一。三島的性倒錯並不是先天的產物，而是童年的種種經歷所致。這種說法亦是三島自省的產物，他在《假面自白》中對自己進行了手術刀般的精神分析。童年的三島憑藉自我的本能驅向找到了聖塞巴斯蒂安，然後在《葉隱》和武士道精神中找到了理性依據，兩者深深地契合在一起，引導著三島由紀夫精神崇拜的方向。在三島的精神崇拜中，他的同性戀傾向仍然佔據著十分重要的位置，在某種意義上講，這種精神崇拜正是他對男性之愛的一個投影。三島由紀夫將男性之美抒發到了一個至高的境界。

單元四

3. 在你學過的其他的文本中有沒有涉及到同樣的全球性問題？請針對兩個文本的特點及其對全球性問題的呈現手法，舉例進行分析評論。

4. 小說的語言文字有什麼特點？如何概括作品的風格特色？在哪些方面作品突出體現了作者的個人色彩？請以兩部作品舉例分析評論。

三、P2 比較分析評論評估演練引導題

1. 心理分析思維如何幫助我們理解作者在撰寫特定文本、塑造人物時的意圖？

2. 文學文本如何與特定的文化相互作用？

3. 比較你學過的兩位作家及作品，你認為同性戀是先天形成的還是後天環境影響的？他們的存在是否符合道德倫理？同性戀的社會身份和自我認同又該怎樣定位？

4. 比較白先勇和三島由紀夫的小說，談談兩個作家在對男性人物和女性人物的描寫上有何相同與不同之處。

四、HL essay 高級課程論文評估演練引導題

1. 閱讀美國女作家安妮·普魯的小說《斷背山》與胡塞尼的《群山迴唱》，評論作品中的藝術形象及對人類文化觀念的影響。

2. 觀看電影《斷背山》，談談你對小說文本改編為電影的看法。

單元四

Unit 5
單元五

※ 單元目錄

※ 學習目標

- 了解不同文化背景和社會環境如何影響個人的人生理想與價值觀。
- 分析理解詩歌用哪些手法和技巧傳遞作品的文化信息和作者的觀點。
- 理解文學文本如何以二元對立的關係構成文學的張力。

　　觀點，是指人們在觀察事物或問題時所處的立場角度，或者是觀察的出發點。觀點，也指人們從一定的立場角度出發，對所觀察到的事物或問題得出的看法或形成的觀念。人們選用適當的立場角度，是為了更好地觀察問題，而觀察問題的目的，是為了更好地研究、分析問題，提出自己的觀點、看法。可以說，沒有好的觀察點，就得不出好的觀點。

　　每一個文本的創作都是作家站在自己特有的觀察角度，將自己觀察到的現象問題用文學的方式表達出來的。所以，每一個文本中既體現了作者觀察事物的立場、角度，也體現了作者看待現象問題的看法、理念，當然，也必然展示出作家表達觀點的方式方法和技巧手段。每一個文學文本都會呈現出多種觀點。有些觀點是作者想要表達的觀點，有些或許並不是作者的觀點。在一些作品中，不同的人物代表了不同的觀點。影響一個文本的觀點有很多因素，作者自身的文化背景與素養、作者創作文本時具體的社會時代背景、特定的時間地點、作者個人的成長經歷、生理心理特點等等，都會影響到作者觀點的呈現。

　　讀者的閱讀過程也是創建文本觀點的過程。不同時代、社會、文化背景、知識素養、閱讀經驗的讀者，在閱讀相同的文本時因各自帶著不同的觀點，必然影響到對文本的詮釋，從而形成不同的觀點。閱讀者在不同的時間地點、不同的人生階段、不同的心緒和情感狀態下，會對同一個文本進行不同的詮釋，形成不同的觀點。

 思考判斷

　　請根據自己的理解向其他同學解釋下面的各項陳述：

1. 每一個文學文本都會呈現出多種觀點，並不是所有的觀點都和作者的觀點一致。

2. 文本的觀點和作家寫作的具體時間、地點有密切的關係。

3. 讀者對文本的詮釋和閱讀的具體時間、地點有不可分割的聯繫。

4. 讀者在閱讀過程中會帶著自己的觀點與文本互動，從而形成自己的觀點。

5. 在一些作品中，不同的人物角色代表了不同的觀點。

 討論交流

細讀下面的陳述，說明你的觀點，並舉出一些例子加以說明。在班級分享你的看法。

1. 在一個文學作品中，作者的觀點一定是真實的嗎？

2. 閱讀文學作品就一定要接受作者的觀點嗎？

3. 所謂的"共鳴"是說讀者的觀點和作者的觀點完全一致嗎？

 歸納條理

請根據下面的題目說說自己的觀點，舉出你所學過的作品實例，並用一段文字記錄下來：

1. 一個作者的觀點和他創作作品時的年齡、閱歷以及社會生活環境有關係嗎？這些因素在多大程度上影響了作者觀點的形成？

2. 有一個讀者說他在人生的三個不同的階段（17歲、30歲、50歲）閱讀了同一本小說《平凡的世界》。每一次都有新的感受，對作品中人物的觀點有不同的理解，自己的人生觀也有所變化。你有過類似的體驗嗎？你認為什麼原因導致這樣的情況？請聯繫自己的經歷談談你的看法。

結構主義是二戰後在歐美人文科學領域流行起來的一種重要理論。20 世紀 60 年代，結構主義文學批評開始在法國廣為流傳。在巴爾特的倡導下，成為一個重要的文學流派。此後結構主義被成功地運用於文學領域，產生出結構主義文學批評、結構主義敘事學批評、語言學結構主義文本分析等研究範式。

結構主義文學批評者在索緒爾結構主義語言學的影響下，將文學作品當作一種約定俗成、自成體系的符號系統。一個具體的文本，由無限多的符號構成，在特定語言符號中展開。二元對立是結構主義分析理論的基礎概念。在結構主義文學批評中，二元對立的分析方法是文本分析程序中的一個至關重要的環節。正確地運用結構主義的解讀方法，運用二元對立的分析方法，可以很好地理清複雜文本中的邏輯關係，將複雜的問題進行簡化，以達到探求文本中的複雜性的目的。通過二元對立的劃分，突出研究對象包含的內在矛盾，可以讓很多問題一目了然，有利於批評者挖掘作品結構內部更豐富、更深層的東西，理解文本的整體深層意義。

“二元對立”的敘事規則指的是無論文學作品的結構形式多麼複雜，總有基本的對立關係可以把握。如，積極與消極、愛情與背叛、勝利與失敗、善與惡、理智與瘋狂、理想與現實等。所以，運用結構主義文學批評的“二元對立”理論，找出一系列要素之間的二元對立或並存關係，就可以揭示文學作品的結構模式特徵，揭示作品深層次的意義，完整把握作品的思想性與藝術性。

結構主義所揭示的二元對立結構理論的確具有理論上的普適性。結構主義的敘事學理論認為，作品中有一系列的二元要素存在，可以用二元對立要素解析作品。從作品中的意象以及這些意象之間的二元關係中，可以找到這些並存著的二元事物及其關係中所隱含的文化信息，也可以看出二元對立或並存事物體現出的深層象徵性含義。

結構主義理論雖然受到許多質疑，並已被看作一種過時的文學批評理論，但結構主義文學批評對文學作品的結構模式特徵的揭示確有獨到和深刻的地方。如果在閱讀中能結合“英美新批評”“文本細讀”的方法來分析評論作品，就會更加深入地理解作品。

討論交流

1. 結構主義堅持文學批評應該從具體作品出發，反對用作品以外的任何因素，例如歷史事件、社會思潮、作者生平等去分析和理解作品。他們認為作品的意義寓於作品本身，是由作品內在結構決定的，因此批評者的任務是去挖掘、分析這部作品內在的抽象的結構。

2. 結構主義理論認為每門學科、每件事物都存在著一個內在的體系。這個體系是由事物的各要素按照一定的規律組合成的整體。

3. 在一些優秀的文學文本中，總有一系列的二元對立關係存在，文學文本的魅力來自於二元對立構成矛盾衝突所形成的文學張力。

4. 文本中存在的哪些模式可以使其與相同體裁和類型的文本產生聯繫？

3.1 研讀作品：徐志摩新詩選篇

一、作者

徐志摩（1897-1931），中國現代著名的詩人、散文家，對中國新詩的發展做出了重要的貢獻，被譽為中國現代文學史上傑出的浪漫與唯美的詩人。他的詩歌韻律和諧優美，想象豐富新奇，意境清新飄逸，完美體現了他對愛、自由與美的追求。代表作有《再別康橋》《偶然》等。

 課堂活動

1. 查找資料，了解作者生平及其寫作背景。

2. 為什麼說徐志摩是中國新詩的創始者？請利用網絡，查找資料，做出自己的解答。

3. 小組討論：根據你搜集到的作者生平史料進行分析：

（1）作者對自己的人生有怎樣的追求？他認為人生中最有價值的是什麼？

（2）這些在他的作品中是如何體現的？

提示

　　徐志摩的一生是追求"愛、自由、美"的一生。他的詩歌是他的人生觀、價值觀的藝術再現——完美的愛情、自由的靈魂、詩化的生活。徐志摩的人生理想和當時的時代、社會、傳統文化觀念構成衝突：追求完美的愛情與包辦婚姻的衝突；追求自由的靈魂與道德規範的衝突；追求詩化美好的生活與世俗煩惱的衝突。儘管他義無反顧、做出了驚世駭俗之舉，但個人的理想無法衝破時代社會的局限。徐志摩用詩歌表達了自己對愛情的歌頌、對自由的追求、面對困難的困惑、面對現實社會的不滿等。詩歌作品呈現了他在人生不同階段所經歷的努力、幻滅、失敗，以及對人生的感悟、困惑、絕望、釋然。

二、文本

探究驅動

　　以小組為單位，閱讀徐志摩的詩歌選篇：《再別康橋》《雪花的快樂》《我不知道風是在哪一個方向吹》《偶然》，分析作品中對作者人生理想追求的呈現。整理自己已有的相關知識，說說新詩有哪些文體特徵要素。

　　《再別康橋》是徐志摩的一首重要詩作。康橋成為了徐志摩反叛現實的性格和精神內涵的代名詞，是徐志摩自己的精神依戀之鄉。康橋的生活，使徐志摩的一生發生了重大的轉折，確立了他追求人生的自由，追求理想的愛情，追求純真的個性的人生目標。從此，愛、自由、美的人生觀和思想信念貫穿於徐志摩創作的始終，在他詩歌的字裏行間流溢。

　　《雪花的快樂》展現出了作者對理想追求的信心與決心。詩人豪情滿腹，詩中滲透著對愛、自由、美的禮讚和對自然、生命、性靈的歌頌。詩人把自己比喻成一朵潔白無瑕的雪花，在自由的天空中尋找自己的方向，激勵自己為理想付出代價，抵達和平自由的人間天堂，融入理想戀人的心胸。

　　現實是殘酷的，美好的理想在現實中遭受挫折甚至破滅。《我不知道風是在哪一個方向吹》表達了詩人理想破滅時的懷疑、無奈和痛苦。字裏行間流露出困惑、無奈、惘然、不知所措的情緒，表達了理想的不可能實現令人悲哀心碎的哀怨。

　　《偶然》一詩在他的詩歌創作中，具有獨特的轉折意義。詩人用整齊、柔麗、清爽的詩句表達了清新、細膩的情感，揭示出了微妙的靈魂的秘密。人生有許多哀歎和惋惜，都是不以人的意志為轉移的。在人生道路上唯有自由選擇，永不停歇地追尋自己的方向。

　　從以上幾首小詩中，可以看到詩人經歷了對愛、自由、美的殷切嚮往和苦苦追求，從懷著希望到流入懷疑、頹廢，最後達到了釋然。作品令讀者明白作為一個知識分子，個人的人生理想是和國家、民族以及時代變動密切相關的。在動盪複雜的時代社會裏，個人的理想再美好，個人的追求再執著，也只能以

單元五

失敗告終。徐志摩的一生是悲劇性的，這不是他一個人的悲劇，而是整個時代的悲劇。

作為一位詩人，徐志摩對中國的新詩創作做出了獨特的貢獻。他在詩歌中真誠地抒發了自己的情懷，是一位真正意義上的詩人。

（一）新詩的文體特徵

中國文學史上的"新詩"指的是從1917年胡適提倡白話文以來用白話文寫作的詩。人們也把中國的現代和當代詩歌作品稱為新詩。新舊詩歌最大的不同，就是新詩在格式上、聲律上有了很大的自由，更加靈活。

新詩的文體特點：

1. 詩歌有獨特的書寫格式，詩中的語句一般分行排列，巧妙而有序。

2. 詩歌具有鮮明的形象、飽含豐富的想象和情感的畫面、精巧的構思和優美的意境。

3. 詩歌所塑造的形象，不僅具有視覺的美感，還做到有聲有味，生動新穎，把聽覺、嗅覺、觸覺等感官作用融合在一起，從多方面、多角度去表現形象。

4. 詩歌的語言必須凝練、和諧，富有音樂性，符合一定音節、聲調和韻律的要求，具有節奏鮮明的音樂節奏。

優秀的新詩情思深刻、技巧圓熟、想象豐富、形象鮮明、語言含蓄生動、節奏和諧優美，體現出詩人豐富的藝術想象力和創造力。

（二）《偶然》

我是天空裏的一片雲，

偶爾投影在你的波心——

你不必訝異，

更無須歡喜——

在轉瞬間消滅了蹤影。

你我相逢在黑夜的海上，

你有你的，我有我的，方向；

你記得也好，

最好你忘掉，

在這交會時互放的光亮！

（三）《偶然》的內容情感

《偶然》這首詩被看作是對徐志摩人生歷程的詩意化的濃縮。詩歌的意象精美、結構巧妙、充滿情趣。詩歌讀來像是一首情詩，其情感意蘊卻遠遠超越了一般的情詩，形象生動地表達出詩人對人生、情感的深切感悟，充滿情趣哲理，耐人尋味。

首先，這種深刻含蓄的情感表達，得益於詩歌本身的內在張力。比如，詩歌抽象的標題與實在的內容之間就具有一定的張力。"偶然"是一個完全抽象化的時間副詞，而詩歌中，天空中的雲偶爾投影在水裏的波心，以及"你""我"相逢在海上都是具體的事情。抽象和具象之間構成了獨特的"張力"，使詩歌富於藝術魅力。

其次，詩歌選用的意象構成了二元對立的關係，這些對立並存著的二元事物及其關係中蘊含著作品深刻的情感意蘊。比如，"你／我""你不必訝異／更無須歡喜""你記得也好／最好你忘掉""你有你的，我有我的，方向"都有二元對立式的情感態度。無論"偶爾投影在你的波心"或是"相逢在海上"哪一種選項，都說明"你"與"我"只是人生旅途中擦肩而過的匆匆過客；"你"與"我"因各有自己的方向在茫茫人海中偶然相遇，雖然我們在相遇交會時放出光芒，但終將擦肩而過，各奔自己的方向。

這種偶然和必然，既有相同卻又相異，從而揭示出在人生道路上自由選擇追求自己的方向，永不停歇的追尋，是人類行為的動力與必然。它表現了詩人對生命和生活的感悟，詩歌文本的深層象徵寓意，給讀者留下了充分的想象空間。

 課堂活動

一、分析判斷：

閱讀詩歌，說說文本中有哪些二元對立關係構成張力，賦予詩歌獨特的魅力？

二、討論分享：

1. 詩歌隱含了怎樣的文化信息？

 西方文化與中國傳統文化的衝突。

2. 詩歌如何表達了作者的人生價值觀？

3. 這些觀點如何傳遞給讀者？

（四）《偶然》的藝術特色

徐志摩受西方近代詩歌的影響，在詩歌創作中實踐著 "音樂美、繪畫美、建築美" 三美理論。

1. 化虛為實：《偶然》共兩段十行，作者化虛為實，把一個抽象的時間副詞 "偶然" 形象化，象徵性、詩意化地闡明了一種人生哲理。

2. 結構精美：全詩兩節，上下節格律對稱。每節的第一句、第二句、第五句都是用五個音節組成。如："偶爾投影在你的波心" "在這交會時互放的光亮"。每節的第三句、第四句則都是三個音節構成，如："你不必訝異" "你記得也好 / 最好你忘掉"。長音與短音相間，嚴謹中不乏灑脫，讀起來委婉頓挫而朗朗上口，具有一種音樂的美感。

3. 象徵手法：象徵是詩歌的一個突出藝術特色。這首詩歌既有總體象徵，又有局部性意象象徵。

4. 旋律優美：抑揚頓挫的節奏和變化的音韻表現出音樂的流動美，富有強烈的節奏感，展現了《偶然》一詩的音樂美和節奏美。

 課堂活動

一、朗讀作品：

細讀詩歌進行分析，以 PPT 的形式在班裏和同學交流，內容包括：

1. 詩歌的意象特點
2. 詩歌的節奏與韻律 / 結構特色
3. 詩歌的語言特色
4. 詩歌的主旨與內涵
5. 詩歌中表達的見解與人生哲理

二、以小組為單位，閱讀文本，找出你們看到的哪些關鍵的文本特徵，填寫下表：

文本特徵	作品實例
結構形式	
意象選用	

節奏韻律的特色	
二元對立的元素	
詩歌的張力	
象徵寓意	
情感色彩	
觀點與見解	
主旨與內涵	

三、朗讀表演：

全班同學圍坐在地上輪流表演各自選出的片段，相互聆聽，然後討論：

1. 朗讀者的聲音、語調，以及表情和動作如何影響到所表達的意思和聽眾的理解？為什麼？

提示

相同的文字可以有多種演示表達方法。

2. 這首詩歌的字面意思是什麼？蘊含在文字中的象徵意義是什麼？

3. 這首詩歌表達了作者對人生怎樣的看法觀點？你贊同嗎？為什麼？

四、閱讀徐志摩的《偶然》，按照下表的順序，簡單地記錄自己的閱讀分析：

分析對象	具體特點	詩歌的內容情感	深層蘊涵
標題			
語詞含義			
意象選用			
節奏與音韻			
語言特點			
結構與佈局			
獨特的表現手法			

提示

徐志摩的《偶然》體現了此類作品的幾個明顯特點:

用詩歌的標題突出詩歌的主旨,抒情人"我",用第一人稱。借用客觀的事與物的特徵,表達主觀的見解和哲理,以自然界中的"偶然",來陪襯人事聚合中的"偶然",極為和諧優美地傾訴了"偶然"的短暫及珍貴。

詩歌採用敘述的手法,直接抒發抒情主人公的情懷:"我是天空裏的一片雲",描繪雲朵投影於波心聚首的自然現象,作者對此表達了自己的見解,看似瀟灑曠達,其實透露出惋惜和惆悵。接著,作者把自然和人事聯繫在一起,人與人偶然相逢在特定的環境,在各自航行的流離動蕩中,更加增添了"偶然"性和短暫性。相聚是美麗的,但分離是必然的,因為"你有你的,我有我的方向"。離別後的忘卻很難,因為我們畢竟在"交會時"互相放射出了"光亮"。但是既然是"偶然",注定是短暫的,還是應該"忘掉"。作者反覆的議論,表達出一種複雜的心情和感受,凝聚著深情的眷戀、豪放的曠達、瀟灑的情感。

五、思考評析:

1. 詩人在詩中想要表達出對人生什麼樣的觀點?如何表達?效果如何?

2. 作為讀者,你對這首詩歌有怎樣的觀點?

3.2 比較作品：小說《遠大前程》

一、作者

　　查爾斯・狄更斯（Charles John Huffam Dickens, 1812-1870），英國著名的批判現實主義文學家。他的作品突出描寫了生活在英國社會底層的"小人物"，深刻地反映了當時英國複雜的社會現實，對英國文學發展產生了深遠的影響。狄更斯的代表作有《霧都孤兒》《大衛・科波菲爾》《艱難時世》《雙城記》《遠大前程》。

 課堂活動

作者研究，查找資料回答下面的問題：

1. 關於作家：狄更斯，及其文本寫作的時代社會背景、目標受眾、出版及傳播情況、對讀者的影響是怎樣的？
2. 討論：作家的身份認同，在你看來作者是一個什麼樣的人？他對人生的觀點是什麼？他和其他的作家有什麼不一樣？

二、文本

 探究驅動

1. 閱讀作品，說說狄更斯作品《遠大前程》給你的印象，選擇其中一個篇章細讀分析，以 PPT 的形式和同學交流，內容包括：小說人物形象的特點、小說的情節特色、小說的主旨與內涵、小說的手法技巧。

2. 演示交流：扮演小說中的一個角色，說說他／她的苦惱或快樂，你覺得他／她是一個怎樣的人？

3. 同學評議：看完了表演你們覺得這部作品和觀點的概念有怎樣的關聯？請舉出作品的例子說明，展開討論。

4. 寫作：請用一個段落，記錄你的看法和評價，300-500 字。

（一）《遠大前程》的內容簡介

小說真實描寫了一個淳樸的鄉村少年成長轉變的過程，揭示了醜惡的社會環境如何影響人的善良、美好天性的發展。作品批判了社會的不合理，同時也深刻地表現出人性的本質。作者善於運用各種藝術手法，表現人物成長變化過程中的內心活動。

整個故事分成了三個大的部分：

第一部分：講述皮普淳樸的童年，對喬的依賴和敬仰，對勢利小人的鄙視。作者用了人物第一人稱的自述來揭示人物的內心想法。

第二部分：在郝維仙家，皮普對艾絲苔娜萌生了愛情，作者使用了人物的內心獨白表明內心的混亂、動搖。此外，作者用了人物的對話推動情節，揭示了隱藏的人物內心秘密，含蓄又生動。如，畢蒂和皮普的對話揭示出皮普心中萌生的對艾絲苔娜難言的愛情。艾絲苔娜對皮普的鄙視和冷漠成為了皮普要成為上流人的動力，導致他欣然來到倫敦開始上流人的生活。

第三部分：在所謂的上流社會生活中，皮普遇到了很多問題，內心發生了激烈的矛盾和鬥爭，作者善於巧妙地運用比喻的手法來展示人物內心的情感。當馬格韋契來到皮普的面前，皮普陷入了極其複雜的矛盾之中，如何對待這個既是恩人又是罪犯的人？如何面對自己即將改變的人生命運？作者對馬格韋契的描寫從人物吃東西的動作來表現人物的性格特點，從人物的語言揭示人物內心的想法，同時也表達了皮普這個旁觀者的情感和內心活動：他狼吞虎嚥地吃著，吃相粗魯，響聲很大，樣子貪婪的⋯⋯他叫他親愛的孩子，說掙的錢都是他的；「他的話像閃電，使我一下就看清了自己，接著失望，危險，羞恥等各種後果，向我衝擊而來，使我幾乎呼吸困難」。儘管人物受到了金錢、財富的誘惑，一度迷失了自我，但是透過人物的心理描寫，我們感到他內心很善良，對是非曲直有比較清晰的判斷。最後，他經過了種種矛盾鬥爭，決心重新開始自己的人生。

（二）《遠大前程》的主題

社會環境對個人人生的影響：《遠大前程》是狄更斯晚期最成熟的作品之一。狄更斯把自己對人與社會環境關係的哲學思想，在作品中形象生動地展示了出來。狄更斯認為環境對人有著重大的影響，不同的環境可以造就不同的人。

小說對皮普在三個不同環境中受到的不同影響，經歷的不同人生，孕育出不同思想情感的過程進行了描述。

第一，皮普是一名孤兒，生活在鄉村中一個貧苦的鐵匠家。雖然衣食貧乏，但皮普受到了姐夫的關愛和言傳身教，對這種不乏友愛的生活感到滿意。他心地純潔善良，人生理想是跟姐夫學習鐵匠手藝，成為一個自食其力的鐵匠。作者描寫了少年皮普的心中懷有著高尚的情操，對那些圍著有錢人打轉的勢利眼們非常鄙視。不久，壞脾氣的姐姐把皮普送到了老小姐郝維仙的家中，陪她玩樂。這是一個恐怖的地方，老小姐在婚禮上受人欺騙，一心想要報復，成了一個有錢的怪物，她的頭髮已經白了，頭上披著白色婚紗，別著新娘的花飾，她的衣飾全是白色的，這些顏色的描寫，形象地表現人物已經不是一個生命，而是一個僵屍般的幽靈。這個幽靈的存在是為了向活著的人進行無情的報復。老小姐內心痛苦不堪，要把她的痛苦加倍地發洩在別人身上。皮普在這裏陪伴高傲美麗的艾絲苔娜玩耍，受到了郝維仙和艾絲苔娜的歧視、侮辱。他越來越對自己的生活境況感到自卑。

第二，後來突然有人讓皮普到倫敦接受紳士訓練。皮普來到倫敦接受教育，學紳士禮儀、過上流社會的生活。皮普改變了身份地位，也轉變了生活觀念，每天和一些道貌岸然的上流人混在一起，受到污染，漸漸墮落了。他開始嫌棄在鄉村時的生活，再也不想自食其力做低下的勞動者了，對一直視作親人和朋友的喬的來訪也不感興趣，甚至為他的舉止感到羞恥，沒有了感恩關愛的心，人性中美好的東西漸漸失去。他開始瞧不起自己的家庭，為自己的出身感到自卑，一心想當一個上等人。

第三，供養皮普過上流社會生活的神秘人突然出現，皮普發現了這種刻意營造的上流生活中一個個令人吃驚的真相，令他對以前渴望的價值觀深感懷疑。知道他的恩人是一個逃犯，心裏極為矛盾，在激烈的思想鬥爭中，天性中善良的一面佔了上風，終於悟出人生道理，對恩人產生感激之情，開始關心恩人的安危，內心美好的東西開始復甦。

（三）《遠大前程》的人物塑造

皮普本性善良，在和姐姐、姐夫一起生活的時候，他愛勞動，渴望自食其力；有同情心，幫助了一位可憐的囚犯；有正義感，不屈從於姐姐的淫威，表現出人性中美好的一面。貪婪、虛榮的姐姐，為了利益把他送進了醜惡的莊園中。在那裏，皮普受到強烈的刺激，人性中本能的慾望受到挑逗和誘惑。人生理想和價值觀徹底改變了，開始想要追求財富、地位。

作品通過描寫人物的轉變，形象地展示了社會環境對一個人成長的影響。上流社會卑鄙地引誘了少年，改變了他對人生、社會的看法。皮普受社會環境的影響，思想轉變，萌發了對財富、出人頭地做上流人的強烈嚮往，開始厭棄貧窮的生活，開始鄙視喬的舉止行為。愛情、友情、親情都因為金錢和地位而徹底改變了。

作品對人物外部和內心做了深入刻畫，形象而生動地展示了人性美醜善惡的變化；既體現了特定時代的特色，表現了當時社會文化的特點，也具有超越時代文化揭示人性的意義。

隨著生活的變化，皮普的社會地位和身份都發生了變化，幾次變化都不是他個人的選擇和決定，而是社會的擺佈。在這樣的變化過程中，皮普對友情、親情和愛情進行真誠反省，看到了美好人情人性的真正價值，尤其是因為有了喬這樣重友情輕財富的親人的關懷和感召，他看清了自己的處境，想要找回自己曾經丟失的東西。作者借對人物的描寫，表達了對社會上貪戀社會地位和財富的人的無情批判，對善良無私真誠生活的人的讚頌。

作者把人物的內心世界展示在讀者面前，揭示了作品的深刻含義，讓讀者看到主人公的性格發展離不開社會環境，但也並非完全是社會環境的結果，其自身面對誘惑不能堅定的性格也是重要的原因。這樣的描寫真實感人。

 課堂活動

思考討論：

1. 不同的文化背景和社會環境對於人物的成長有怎樣的影響和作用？

2. 皮普的人生理想與價值觀的形成受到了哪些方面的影響？作者是如何描寫的？

3. 產生於不同社會、時代、文化背景之下的文學作品，在處理慾望和誘惑的問題時，有什麼相同和不同之處？

（四）《遠大前程》的藝術特色

1. 第一人稱的敘述方法

《遠大前程》採用第一人稱回溯式寫法，讓人物以回憶的方式講述自己的經歷和感受，這樣的好處是作者更直接地表達自己的觀點，讀者更容易、直接地進入人物的內心世界，使小說有一種虛擬的"自傳性"，使人物的故事更"可信"。同時，作者還加上了全能式多視角的方法展開敘述，使小說富有變化：作者身在其中又置身事外。"我"有時跳出"我"的身份，對皮普進行審視和評論，使文章更有條理和層次。第一人稱和第三人稱的"全知全能"的角度互用：皮普的故事按時間條理展開，同時又有對下一步故事發展的暗示。

在第一人稱敘述的小說中，作者擬定一個"我"來敘述故事，這個"我"有時候是故事中的一個人物，更多時候是小說的主人公，也可能是一個旁觀者。在《遠大前程》這部作品中，"我"就是作品的主要人物，小說的故事圍繞這個主要的人物展開，小說的描寫也是隨著這個主要人物的視角進行。閱讀時，讀者被主要人物引領到故事的世界，和小說的主人公進行直接的交流，不但能看清楚故事發生發展的脈絡軌跡，而且可以感受人物內心細微的變化過程，更加深入地理解人物，與作品產生共鳴。

2. 對比鮮明的環境描寫

作品中對環境的描寫突出了作品的主題意蘊：作者用了大量的鄉村自然美景與醜惡的城市環境的描寫相互對比，寫出不同環境對人的不同影響作用，具有深刻的象徵寓意。鮮明的對比表達了強烈的情感色彩，也體現了作者對人生社會發展的理解和感悟。

首先，作者突出讚美鄉村自然、乾淨、美麗的景色，開頭就對皮普生長的鄉村進行了細緻的描寫，表達了對家鄉的一種深厚情感。一片沼澤，一條河流，幽暗平坦的大海，像是一幅廣闊的圖畫，自然生動，是一個遠離塵囂、寧靜的世界，令人嚮往。作者描寫這樣的景色，是為了突出在這樣的環境中才可以養育喬和畢蒂這樣具有美好人性的人。他們高貴、誠實、純樸、善良，不受外來的誘惑，始終保持美好的人性。

與此同時，作者描寫了城市嘈雜骯髒的情景：皮普初到倫敦時，史密斯廣場"到處都是污穢、油膩、血腥、泡沫"，"四周站滿了人，個個身上酒氣沖天"。擁擠不堪的倫敦，在他的眼中很醜陋，給他留下了十分惡劣的印象。生活在這個環境裏的人也是非常醜惡的：自私、貪婪、虛偽、狡詐，所謂的上流人不是騙子，就是強盜。

這樣的對比描寫正是為了揭示皮普人性轉變的社會根源：環境對人的影響和制約。皮普前往倫敦之前，生活在鄉村的自然環境中，養成了純樸、自然的美好天性，生活儉樸、奢求不多、心靈純潔、道德高尚。當他進入倫敦的文明社會後，在骯髒、墮落的城市環境裏，純樸的天性不可避免地被污染，開始墮落。最後，他在經歷了人生的波折後返回自然，才重新擁有了美好的人性。

除了鄉村和城市的環境描寫外，作者還突出描寫了沙提斯莊園——老小姐郝維仙的家：這是一所古老的磚瓦結構的房子，院子裝了鐵柵門，鐵條已經生鏽。窗戶用磚頭封死，裝著許多鐵柵欄，特別陰森淒涼。房子裏更是死氣沉沉。作者用了"陰森、陰冷、空蕩"等詞語，對這樣一個冷酷無情的環境進行了描述，正是在這個環境裏，少年皮普遇到了被復仇慾望折磨得已經瘋狂的老小姐郝維仙和小艾絲苔娜，受到了無情的鄙視和冷漠，從此改變了他的人生理想，走上了扭曲天性的歧途。

景物描寫在作品中具有深刻的象徵寓意，對刻畫人物、揭示主題都具有畫龍點睛的作用。

3. 二元對立的小說的結構模式

二元對立的結構模式是這部小說的特色，表現在以下三個方面。

第一，小說家個人經歷構成二元對立：狄更斯的生活經歷是浪漫與現實的合體，他性格中的雙重性是小說文本的潛在結構。

第二，《遠大前程》的主題、背景、人物和象徵寓意構成二元對立：小說的主題中理想與現實的對立、故事的真實背景與虛幻場景的對立、人物雙重身份善與惡的對立，"遠大前程"的字面意義與內在象徵意義的對立，構成二元對立的特徵。

第三，主要人物的行為追求也構成了二元對立：主人公皮普期盼更高的社會地位，艾絲苔娜追求財富，郝維仙小姐追求報復，馬格韋契熱衷於回報善行和懲罰罪惡。

《遠大前程》構築了一種二元對立的文本模式，從這個角度分析研究，有助於更好地理解作品的主題意蘊。

課堂活動

一、分析評論：

1. 生活環境的變化如何影響到了人物價值觀的改變？

2. 天性敏感的主人公皮普如何受到了誘惑與刺激，產生擺脫下層人的身份地位，升入上流社會的個人理想？

 提示

　　通過對皮普幾個不同生活階段的描寫，作品形象地展現出一個人的行為、觀念、思想情感、價值觀念的形成是和他置身的社會環境分不開的。

3. 你認為小說的敘述方法和人稱的選用，對於突出人物的性格特點起到了什麼作用？假如換了第三人稱，會有什麼不同？

二、討論交流：

文本中有哪些二元對立？這些元素以什麼象徵意象呈現？他們隱含了怎樣的文化信息？

三、人物分析：

1. 作品中有哪些人物？他們之間有著怎樣的關係？

2. 小組活動：根據作品的描述，用文字給主要人物畫像。

人物的姓名、身份？	與主要人物的關係？	典型的言語行為？	性格特點？	代表哪一類型的人？	你喜歡嗎？為什麼？

 提示

　　《遠大前程》主人公皮普是個孤兒，他天性淳樸，飽受苦難，在和命運不斷抗爭中被環境改變了。

　　皮普的回歸與作品中的兩個正面人物的積極作用是分不開的。作品歌頌了喬和畢蒂這樣的真正優秀人物。他們的共同點是高貴、誠實、純樸善良，不受"文明"社會的誘惑，不被"文明"的惡習所感染，始終保持美好的人性。

　　喬是生活在鄉村的鐵匠，他的舉止、神態言談、外表看起來像是個愚鈍的鄉下人，但是他內心高貴、純樸善良。在生活中他是皮普的姐夫兼鐵匠師傅，實際上扮演了皮普父親的角色，在皮普成長的道路上，幾乎每一處都有他的影子。他從生活上關心照顧皮普，在心靈上影響和感召皮普，最後在皮普生了重病，窮困潦倒，負債纍纍時又解救了皮普。

畢蒂也是皮普生活道路上的一個領路人。畢蒂教會了皮普讀書、寫字、算數，給了他啟蒙教育。她心地善良、聰明勤快、樂於助人，給皮普樹立了人生的榜樣，讓皮普明白了什麼才是真正的美，什麼才是真正的愛。最後在他生活出現危機的時候，又幫助了他。

馬格韋契也是皮普生活中一個重要的人物。皮普年幼時救了罪犯馬格韋契，在馬格韋契的資助下，他開始走向上流社會。馬格韋契的出現給皮普的命運帶來巨大的轉變。最後，他的出現又一次徹底改變了皮普的命運，似乎一再說明了命運的偶然性。皮普的命運一直不能掌握在自己的手裏，而是搖擺在一些偶然的因素之中。作品使用了各種的手法，描寫兩人的關係及其對皮普命運的影響。當馬格韋契從海外歸來時，作品描寫了他伴著狂風暴雨的出場，很有象徵意味。"那天夜晚狂風四處衝擊，震動了整座房屋，就像被炮彈襲擊或者被浪濤沖擊一樣……就在這時，我聽到樓梯上響起了腳步聲。" 通過寫景鋪墊，給人以想象空間，同時增加了一些神秘陰森的氛圍。不可知的命運就是這樣又一次敲響了皮普的大門。

馬格韋契對皮普的畸形之愛，和郝維仙對艾絲苔娜的畸形之愛具有相同之處。他們兩人都把培養另一個人當作餘生的目標，對自己培育的那個人都懷有瘋狂的愛。這裏面，既有人類正常的感情糾葛，又有瘋狂的具有毀滅性質的愛。可貴的是，皮普終於懂得了關愛他人的含義，最後覺醒了過來，對馬格韋契報以真情，體現了人性的美好和可貴。

皮普的本質是善良的，能夠鑒別美醜善惡。和畢蒂在一起，皮普感到是那樣的平靜、安詳和愉快，可是和艾絲苔娜在一起就感到"一種使人恐怖的幻覺在我心中擴散，好像我與艾絲苔娜正在開始腐爛……"一個形象的比喻，揭示出人物內心的感受。所以，在喬的幫助下，最後他又回到了生活的起點。從而揭露了那個時代和社會的醜惡。

3. 如何看待皮普對艾絲苔娜的愛慕與追求？在這兩人的關係中，有哪些二元對立元素？

四、分析評論：

1. 作者如何通過語言文字在作品中表達出人物和作者自己的觀點？

> **提示**
>
> 在每部作品中，故事從來不是以它原來的面貌呈現在讀者面前的，總是根據作者的某種看法，通過某種角度表現出來的。

2. 敘述者的觀點和作者的觀點是一致的嗎？

> **提示**
>
> 敘述者出現在作品中有的明顯，有的隱蔽。托多羅夫認為"敘事體作品中的'我'這個敘述者，是在所有的人物中在旁邊起作用的人物。"即是說，敘述者的功能是敘述、講故事。作品故事中的人物是說話、表演。如果敘述者同時又在故事中扮演了一個角色，那他就具備了雙重身份，即角色和敘述者。所以，敘述者的人稱不能改變敘述者在作品中的地位。

一、作品的時空背景

（一）《偶然》的創作背景

　　《偶然》這首詩寫於 1926 年 5 月中旬，發表於 1926 年 5 月 27 日《晨報副刊‧詩鐫》第 9 期，後收入《翡冷翠的一夜》。1928 年徐志摩和陸小曼合寫劇本《卞昆岡》，這首詩成為了劇中第五幕裏老瞎子的唱詞。

　　劇本《卞昆岡》是徐志摩與陸小曼唯一合作的一部作品，也是徐志摩唯一創作的一部劇本。據說這個劇本的故事是由才女陸小曼提供，最後由徐志摩執筆完成。劇中主人公卞昆岡是位雕刻家，對已病故的妻子青娥有著刻骨銘心的愛。孩子阿明有一雙酷似青娥的美麗眼睛，這使他每每看到孩子就想到青娥。為了使孩子有人照顧，他又娶李七妹為妻。但卞昆岡對前妻的念念不忘使李七妹嫉妒、怨恨直到報復，毒瞎了阿明的一雙眼睛又殺死了他，卞因承受不了這沉重的打擊而自殺了。劇情受當時意大利的戲劇的影響，探索人生的奧秘，全劇在詩意的美中籠罩著一層感傷的悲劇色彩。

　　有人認為這首詩是寫給陸小曼的：據說 1925 年 5、6、7 三個月間，正是徐志摩和陸小曼婚前熱戀最痛苦的時期。陸小曼在強大社會輿論的譴責面前，顯露出動搖與畏縮，令徐志摩很痛苦。徐志摩以詩歌表示理解與無奈。《偶然》表現了詩人這種複雜而微妙的心態。

　　也有人認為這首詩是寫給林徽因的：林徽因之子梁從誡說，"母親告訴過我們，徐志摩那首著名的小詩《偶然》是寫給她的。" 從詩歌內容來看，這首詩流露出來的是作者對愛情感傷、無奈的苦澀心情，寫給曾一度苦苦追求、一生摯愛的才女林徽因也是有道理的。

　　徐志摩短暫的一生經歷了無數的偶然和無奈，卻始終沒有改變對愛、自由和美的追求，詩歌中凝聚作者對人生的感悟和體驗。

（二）《遠大前程》的創作背景

　　《遠大前程》是查爾斯·狄更斯的晚期作品。《遠大前程》的背景是英國工業革命的發展時期，英國社會充滿巨大的變革。小說展示了在這種變革的社會中的現象和個人命運。由於年齡的增長，此時狄更斯對社會黑暗的認識進一步加深，對社會弊端的反映和對人情世態的認識也更加深刻，其寫作手法亦更加成熟。小說的背景為 1812 年聖誕節前夕至 1840 年冬天，主角孤兒皮普以自傳式手法，敘述從七歲開始的三個人生階段，透過孤兒命運的跌宕起落，反映出當時資本主義工業社會下，小人物如何安身立命，與環境對抗的互動關係，表達了作者對生命和人性的看法。小說《遠大前程》是用自傳體寫的，在揭示維多利亞時代英國社會方面比狄更斯之前的作品更具深度和超越性。

　　1860 年，《遠大前程》開始在報紙連載。1864 年 6 月 15 日，小說家布爾沃得知了正在連載的《遠大前程》結局，向狄更斯表示，這樣的結局可能會令讀者失望。狄更斯改寫了結局，該版本一直流傳至今。

二、文本的傳播與接受

（一）《偶然》的傳播與接受

　　作為現代文學史上具有影響力的作家，徐志摩生前和身後都是一個有爭議的人。作為徐志摩的代表作，《偶然》一直被看作是一首經典的新詩之作。

　　徐志摩的學生著名詩人卞之琳曾說："這首詩在作者詩中是在形式上最完美的一首。"新月詩人陳夢家也認為："《偶然》以及《丁當——清新》等幾首詩，劃開了他前後兩期的鴻溝，他抹去了以前的火氣，用整齊柔麗清爽的詩句，來寫那微妙的靈魂的秘密。"

　　《偶然》的藝術成就極高，它繼承傳統古典詩歌的神韻，又融入了大膽的創新，創立了優美的格式旋律。它用豐富的想象、精緻的畫面，營造了豐厚的意境，把自己對人生的感悟、哲理、洞見傳達得含蓄優美，細膩感人。

　　《偶然》被多次改編成歌曲，被不同時期的歌手傳唱，深受不同時空、不同年齡人們的喜愛。

　　閱讀詩歌會受到時代環境、文化觀念的影響，也會受到讀者自身審美判斷的影響。讀者在閱讀時不僅要調動生活經驗，更要調動想象力。正是因此，不同的讀者賦予了《偶然》更豐富的寓意。

（二）《遠大前程》的傳播與接受

近一百年來，《遠大前程》已經多次被改編成舞台劇、電影和電視劇。

1946 年，英國導演戴維里恩將這部作品搬上銀幕。電影《孤星血淚》借鑒了狄更斯原著的敘述方式，讓皮普以畫外音的形式回憶往事。《孤星血淚》至今仍被看成是英國電影史上的最佳影片之一。它不僅記錄著真實的維多利亞時代，而且也把小說《遠大前程》變成了一個獨特而豐富的影像文本。

對小說《遠大前程》的改編，是對經典作品的傳播推廣、更新創作。

 課堂活動

思考討論：

文學作品的內容和意義可隨著時代的變化而變化嗎？比較兩部你學過的作品回答這個問題。

5 互文性

探究驅動

　　小組討論：舉例說說，中國古典詩詞及西方詩歌對徐志摩的詩歌有哪些影響。

徐志摩詩歌與中國古典詩詞以及西方詩歌的互文性

　　徐志摩的詩歌創作與他生活的時代社會環境有密切的關係，受到了西方社會思想及文化的影響、歐美國家的浪漫主義以及唯美派詩人的影響、五四新文化運動的影響、傳統中國文化的影響。徐志摩詩歌對中國文學承上啟下、與外國文學珠聯璧合，創建了中國新詩的形式美與神韻美。體現出與中國古典詩詞以及西方詩歌的互文性。

　　中國新詩是結合了西方詩的影響和古典詩的傳統發展而來的。徐志摩學貫中西，一方面，他接受了西方浪漫主義詩歌的影響，擅長讚美大自然、歌頌愛情，把"愛""自由"和"美"作為詩歌永恆的主題；另一方面，中國古典詩歌文化傳統的影響滲透在他詩歌的字裏行間。他的詩歌是對古典詩和西方詩的詩歌精髓的雙向吸收和轉化。

　　其一，徐志摩的詩歌具有中華民族文化的價值取向和文化意蘊，繼承了中國詩歌含蓄蘊藉的表達方法以及天人合一的文化思維方式。在中國古代詩歌的經典意象中注入了個人的情感色彩，如雲、水、風的意象比比皆是。

　　徐志摩詩歌中水的意象有獨特的隱喻內涵，涉及水意象的類型有海、江、河、湖、霧、露、雨、冰、雪等。此外，"雲"的意象也反覆出現，如"我是天空裏的一片雲"（《偶然》），"在夏蔭深處，仰望著流雲"（《杜鵑》），"我輕輕的招手，作別西天的雲彩"（《再別康橋》）等。雲的外形輕盈飄動，蘊含著“自由、瀟灑”的內在神韻，同作者瀟灑自如的個性，自由浪漫的理想契合得天衣無縫。雲的意象內隱了詩人的寂寥和對自然的依戀，以及自由飄逸的靈魂。徐志摩詩歌中的意象選取得奇巧而又貼切，每一個意象都展示了詩人的情感滲透和精神質量。徐志摩的詩歌真正以白話形式傳達中國古代詩歌的審美情趣，他把握住了中國傳統詩歌的精髓。

其二，徐志摩的詩歌也呈現出與西方詩的互文性特點，表現在語言結構上善用疊詞、韻律等，對歐化格律也充分汲納、靈活運用；詩歌形式上對西方的十四行詩等詩體進行了借鑒；詩歌思想上與西方詩思想風格互文。古典詩詞和西方詩歌的互文影響，造就了徐志摩詩歌思想風格的多重性，既浪漫，又端莊，既活潑，又深刻。

 課堂活動

一、分析評論：

1. 請分析郝維仙小姐與英國傳統文學作品中女巫形象的互文性。

提示

　　狄更斯抓住人物的性格特點，繼承了英國文學中女巫形象塑造的傳統，塑造了郝維仙這個令人既同情又憎惡的角色。女巫形象，如童話故事《韓賽爾與格蕾特》中的惡巫婆，《睡美人》中的卡拉皮斯等，她們都陰暗、神秘又恐怖，擁有魔法，陰暗、病態，怨恨一切，玩弄天真的孩子而達到自己的目的。在狄更斯筆下，郝維仙與傳統女巫有很多共同點。

2. 試論中西方怨婦形象的異同——郝維仙與張愛玲《金鎖記》中的曹七巧。

提示

　　“怨婦”現象是人類進入文明社會後，隨著父權制的確立、一夫一妻制家庭出現而產生的人倫悲劇之一。

　　20世紀美國作家福克納的短篇小說《獻給艾米麗的一朵玫瑰花》中艾米麗和郝維仙小姐經歷、性格很相似。年輕的時候，艾米麗小姐美麗、驕傲、自負，也曾對婚姻家庭生活滿懷憧憬和嚮往。在遭到情人拋棄以後躲進頹敗的大宅，過著與世隔絕的生活。更令人驚駭的是，艾米麗小姐居然把情人毒死後與之同床共枕。福克納、狄更斯的創作真實地描述了資本主義社會女性的生存處境。

　　狄更斯的長篇小說《遠大前程》中的郝維仙小姐是眾多怨婦形象中最為獨特的一個。郝維仙小姐因在新婚之日被未婚夫拋棄而遷怒於所有的男性，採取變態的手段報復男人。郝維仙小姐的遭遇體現了金錢社會的罪惡、男權社會對女性的迫害以及維多利亞社會婦女的生存困境。

張愛玲《金鎖記》中的主人公曹七巧婚姻不幸，苛酷的壓抑導致嚴重的扭曲，以至於心理變態到了喪失本能的母愛，無情地折磨兒女。她被黃金枷鎖扭曲了人性，在與生活的碰撞中毀滅了人性。在她身上集中了女性自私、刻薄、惡毒、貪婪、無知、軟弱的性格缺點，人非人，女人非女人，母親非母親。

造成怨婦的原因是異化的金錢社會和墮落的男性人格，而郝維仙和曹七巧自動認同男權社會賦予自己的性別角色，恪守舊有的倫理道德，被棄之後採取極端的手段進行報復，則表現她們性格扭曲、變態的一面。

二、思考討論：

《遠大前程》作品中展示出作者對待女性的哪些觀點？

提示

　　同情女性，特別是下層勞動女性，但仍無法擺脫男權文化和性別意識，對女性的塑造繼承了文學傳統。

三、比較評論：

1. 試論中西方不同時代的個人奮鬥故事的互文性——比較《遠大前程》與《駱駝祥子》。
2. 聯繫本單元的全球性問題，比較《駱駝祥子》和《遠大前程》中人物生存的社會環境與個人選擇。

提示

　　可以從以下幾個方面入手比較：

（1）小說發生在什麼樣的時代和社會環境？展示出什麼樣的社會狀況？

（2）小說中描寫的時代和社會狀況如何對主題和人物產生影響？

（3）低下階層的人想要改變社會地位的奮鬥，在不同社會環境下有什麼樣的具體表現？

（4）比較作者對主角的態度，作品表現出怎樣的觀點？

課堂活動

一、小組討論：

1. 徐志摩、皮普和祥子的個人價值觀是什麼？他們的人生理想為什麼不能實現？

 提示

> 　　對個人價值、人生理想的追求，歷來是文學作品中普遍關注的問題。這個問題，在不同的文化時代背景都普遍存在，具有廣泛的社會意義。
>
> 　　事實證明個人價值觀與人生理想必然受到社會時代環境限制。因為人總是在一定的時代和社會環境中生活，所以不能擺脫社會時代的影響制約。偉大的小說作品，塑造了不同時代、社會所造就出的不同人物，真實表現時代的文化精神，揭示歷史發展的趨勢以及人類發展的必然的規律。

2. 個人的價值觀與人生理想必然受到社會時代環境影響，這個問題在《遠大前程》的文本中是如何呈現的？

 提示

> 　　作品中人物人生價值觀的前後轉變，作者對人生理想追求的態度與觀點。

二、口頭評論：

1. 《遠大前程》有兩個結尾，從這個現象是否可以說明讀者對文本的不同觀點？請解釋。

 提示

> 　　查爾斯·狄更斯給《遠大前程》寫了兩個結局。
>
> 　　小說的第一個結局：作者設計了一個兩人在皮卡迪利大街偶然相遇的場景。皮普在城裏散步，在毫無準備的情形下，被動地被一位僕人截住，帶他去見坐在高高的馬車上的艾絲苔娜。艾絲苔娜居高臨下保持了與皮普之間遙遠的距離。艾絲苔娜的言談口吻一如往昔："……我想你還是會希望跟我握個手吧，皮普！把那個可愛的孩子抱起來，讓我親親他。"

第二個結局與原結局的最大分別是沙提斯莊園的場景設置。皮普主動追尋回憶重返沙提斯莊園，兩人相遇，彼此諒解，"一起走出這片廢墟"。皮普說："我第一次離開鐵匠舖時，晨霧剛好要散去。現在我們剛走出廢墟，晚上的霧氣也開始消散……我與她將永遠不再分離"。狄更斯在第二個結局中運用了環境描寫作感情渲染，突出兩個角色之間的愛慕和互相理解，讓兩人最終能夠團圓。

　　小說的第二個結局是作者對讀者呼喚的回應。1864 年，狄更斯向小說家布爾沃披露《遠大前程》的結局時，布爾沃表示，讀者或會對結局有所不滿。故此狄更斯創作了第二個結局，贏得了大眾的賞識。然而，福斯特、蕭伯納等文學名家卻紛紛表示，更喜歡原本的結局。兩個版本最終都得以公開出版。

　　結局的改寫和雙結局的出版展現了文本、作者與讀者之間的重要關聯，體現了讀者的觀點對作品的影響。

2. 如果你是皮普，受到了艾絲苔娜的奚落你會怎樣？會繼續愛她嗎？為什麼？你會怎樣做？

7 評估演練

一、P1 評論寫作評估演練引導題

1. 詩歌作品如何運用象徵意象表達生動的思想感情？詩歌的張力如何構成？

2. 如何看待皮普對艾絲苔娜的愛慕與追求？在兩人的關係中，有哪些二元對立？

3. 作者的觀點是怎樣被讀者接受的？讀者的觀點如何影響作者的創作？請分析作品《遠大前程》的結尾，說出自己的看法。

4. 閱讀《遠大前程》中自然景物的描寫，說說其對表達作者的觀點起到了什麼作用？舉例說明抒情詩歌如何表達作者的觀點？

> **提示**
>
> 1. 明確直接地表達詩人對人生的理解、對社會的看法，闡述自己感悟出的人生哲理。
>
> 2. 化虛為實的方法，把抽象的概念、情感、哲理，把詩人對人生的理解、對社會的看法、對人生哲理的見解和一些具體的事物聯繫起來加以形象化表達。這類詩不是直截了當地抒情，因而產生了更加深刻、耐人尋味的效果，具有含蓄蘊藉濃厚的詩意。

二、IO 全球性問題闡述評估演練引導題

1. 從《遠大前程》中選 40 行，和一首徐志摩的詩歌比較，聯繫個人的價值觀與人生理想必然受到社會時代環境影響的全球性問題，完成下面的練習：

（1）兩部作品中展示了怎樣的價值觀和人生理想？不同的時代和社會環境影響下，這些理想能實現嗎？為什麼？

（2）作品採用了怎樣的藝術手法和技巧呈現這個問題？

（3）這個問題對今天的讀者有怎樣的啟迪和教益？

2. 觀看《遠大前程》小說改編的影視作品，比較作品的改編者給觀眾呈

現出了哪些與原作相同和不同的觀點？

3. 聽聽徐志摩詩歌改編的歌曲，比較兩部作品採取了哪些不同的手法技巧表達出相同的人生感悟？

4. 在你學過的其他的文本中有沒有涉及到同樣的問題？不同的文本各自以何種方式反映其主題意蘊？作者如何通過語言文字在作品中表達其人生價值觀？請舉例加以分析討論。

> **提示**
>
> 　　在每部作品中，故事的事件從來不是以它原來的面貌呈現在讀者面前的，總是根據作者的某種看法，通過某種角度表現出來的。

三、P2 比較分析評論評估演練引導題

1. 結構主義理論的研究方法如何有助於我們理解文本的二元對立結構？在怎樣的程度上，你認為二元對立是文本成功的要素？請用本單元學習的內容加以解釋。

2. 敘述者的角度和觀點對讀者會產生怎樣的影響？詩人的觀點和作品中抒情主人公的觀點是一致的嗎？

3. 為什麼艾絲苔娜對於自己的地位長期感受不到屈辱，反而覺得幸福？文本的描寫中隱含了怎樣的文化信息？這些觀點是如何傳遞給讀者的？

4. 《偶然》和《遠大前程》各以何種方式傳遞出對作者人生理想追求、社會對人的理想的制約與影響的關切與思考？

四、HL essay 高級課程論文評估演練引導題

1. 你認為未來人對 "貧民" 和 "貴族" 的角色會有怎樣的描述？你認為未來人對 "文化" "自由" 的觀點會和現在一樣嗎？這些描述和我們現在的定義一樣嗎？會有哪些主要的差別呢？請對具體作品加以分析評論。

2. 以一個作品為例，討論文本中存在的哪些模式可以使其與相同體裁或類型的文本產生聯繫？該文本在何種程度上突破了文本的體裁或類型規範？在你看來，文本在多大程度上支持或挑戰了傳統話語或文化？

Unit 6
單元六

※ 學習目標

- 掌握各項評估要求，在演練中理解和運用轉化與呈現的核心概念。
- 了解文學文本的意義在讀者的分析欣賞批評過程中如何得到轉化。
- 分析文學文本的形式和結構，與其主題意義的呈現有密切的關聯。

1 概念探究

1.1 核心概念：轉化

　　轉化的字面意思是變化、改變、蛻變、轉變等，指的是一件事物在不同程度上轉變了原來的性質，化成另一種事物。轉化，也是一種修辭手法。文學作品中，常運用轉化的修辭技巧，使原本沒有生命的事物變得有了人的特性，如用擬人、擬物的方法，達到人性化、物性化、形象化的效果。

　　本課程中，借"轉化"這一概念來探討文學文本的創作和接受過程中具有規律性的現象，轉化的概念具有三個層面的意義：

　　首先，在文學文本創作過程中存在著文本之間相互轉化的現象。轉化的重要性已經被文學的互文性充分證明。

　　其次，讀者對文本的閱讀行為同樣具有潛在的轉化性質。讀者的閱讀本身，也是對文本意義的創建，在閱讀過程中由於不同讀者對文本的個人詮釋與解讀不同，使文本意義得到轉化，轉化出與作者原文本意圖不同的詮釋。正如我們所熟知的"一千個讀者心中有一千個林黛玉"一樣，每一個文學作品，都可以轉化出無數種讀者詮釋和理解的意義。

　　還有，文學文本本身對讀者產生潛移默化的影響，直接或間接地造成對人的情感、觀念、思維、判斷以及實踐活動中具體言行的轉化，這些轉化導致現實世界中人類生存狀況的變化和發展。

 思考判斷

請根據自己的理解向其他同學解釋下面的各項陳述：

1. 傳統文學經典文本得到了不斷地創造性轉化，如《紅樓夢》就被不斷地擬作、續寫、翻寫、評點。

討論交流

細讀下面的陳述，說明你的觀點，並舉出一些例子加以說明。在班級分享你的看法。

1. 通過對文學課程的學習，一個一般的文學愛好者可以轉化成一個專業的文學評論者。

2. 優秀的文學作品挑戰了讀者原有的想法和看法，引導他們重新思考固有的觀念，形成新的想法和看法，因此，文學作品的閱讀過程也是一個轉化的過程。

3. 閱讀優秀的文學作品，讀者被吸引、被感染，情感上發生變化，情感變化導致思想意識和思維的變化，引致觀念的轉化，觀念的轉化導致言論和行動的轉化，最後將會影響到社會的轉化。

 歸納條理

請根據下面的題目說說自己的觀點，舉出你所學過的作品實例，並用一段文字記錄下來：

閱讀行為對讀者的影響和轉化是必然的，文學文本的閱讀理解過程，也是一個從探究到反思再轉化為行動的過程。

單元六

1.2 核心概念：呈現

　　呈現的字面意思有顯出、顯現、展示等。本課程中，借"呈現"這一概念來探討文學對現實世界與人類生活的呈現方式。

　　關於文學在多大程度上呈現現實的問題一直是有爭論的。有人認為文學應該儘可能準確地呈現現實，也有人認為文學必須與現實拉開距離。這取決於如何看待文學與現實世界相互關聯之方式與關係。可以肯定的是，文學總是以自己特有的方式呈現現實世界與社會生活。

　　文學作品是對客觀現實世界的呈現，也是對作家個人內心主觀世界的呈現。文學對社會生活的呈現不是原樣照搬，不像拍照，而是作家把自己對生活的感情體驗、認識評價，經過藝術加工後用文學的手法表現出來。作品若沒有包含生活就不是文學，若等於生活也不是文學。文學的真實在於呈現而不是概括。從文學作品中讀者可以看到：

- 文學作品呈現出作家的個人情感
- 文學作品呈現出作家的觀點態度和人生見解
- 文學作品呈現出作家的創造力
- 文學作品呈現出現實世界的狀況和社會的問題
- 文學作品呈現出作家的風格特色
- 文學作品呈現出真善美的理念

 思考判斷

請根據自己的理解向其他同學解釋下面的各項陳述：

1. 文學通過塑造形象來呈現現實。

2. 文學文本的形式、結構與其蘊涵的意義及意義的呈現密切關聯。

3. 戲劇通過對話和潛台詞呈現作品意義。

4. 優秀的文學作品呈現真實的人性，呈現社會大眾的生存狀況，呈現真實的人類生存條件。

5. 詩歌具有審美情感的呈現方式，詩人建構一個文本，選擇某種語言策略、表達技巧呈現出深層內在的思想與情感。

6. 文學作品呈現作家自我對生命意識個體的省察和體悟，呈現對人類生存命運的關懷。

7. 優秀的文學文本總是採用最適當有效的文學方法和技巧來呈現作者的創作意圖，並因此對讀者產生毋庸置疑的說服力和影響力。

討論交流

細讀下面的陳述，說明你的觀點，並舉出一些例子加以說明。在班級分享你的看法。

1. 文學作品應該反映生活，但如果文學作品完全等同於生活，什麼真相都揭示不了，那麼也許文學就沒有存在的必要了。文學藝術作為人類精神生活的一種產品，它對人類的現實存在必然要有所超越。

2. 小說探尋人的存在方式。比如，呈現各種各樣的女性的存在方式，是小說的任務。

歸納條理

請根據下面的題目說說自己的觀點，舉出你所學過的作品實例，並用一段文字記錄下來：

古往今來，文學與人的精神生活密不可分，文學作品呈現出人內心深處對美好生活的渴望。

1.3 概念理解：轉化與呈現

轉化與呈現的概念有著密切的關聯。文學文本的生成與轉化都是以呈現為目的的。本單元將結合評估的要求，採用不同形式的演練加深對轉化與呈現的概念理解。

一、針對文學文本開展創意回應活動

對文學作品進行回應創作，在已有文本的基礎上創作一個新的文本，來理解不同文本之間的生成與轉化——文本直接通過不同形式的相互參考和引用，從一個文本可以轉化為另外一個文本。

為了更好地理解文本轉化的概念，學習者應利用好老師提供的各種機會，選用各種文體、各種方式演練對文學作品的創意回應，如重設作品的開頭、改變作品的結尾、增加原作的詩行等。

 課堂活動

1. 閱讀魯迅的小說《孔乙己》，採用對小說作品進行續寫或增加一個篇章的方法，完成一項回應創作的寫作。用你的作品呈現出你對作品的理解與詮釋。字數：1200 字左右。

2. 閱讀魯迅的小說《孔乙己》，採用另外一種文體形式，如一封
   書信、一幕戲劇、一首歌詞等，完成一項回應創作的寫作。用
   你的作品呈現出你對小說人物的理解與塑造。字數：1200 字
   左右。

二、針對文學作品進行深入閱讀與賞析評論

讀者對文學文本的閱讀行為和詮釋過程本身就是一種積極的轉化。在我們文學課程的課堂上，學習者通過閱讀分析完成書面評論寫作，實現了一種轉化：把自己從一般的文學愛好者轉化為文學的專業評論者。

在深入閱讀的過程中，由於每一個學習者對文本的解讀詮釋都加入了自我的人生經歷、生活體驗或知識積累，實現了又一種轉化：對文學作品的意蘊和內涵做出具有個人特色的詮釋與解讀，使原作的意義得到了不同程度的轉化。

為了更好地理解文本轉化的概念，學習者可以結合試卷一和試卷二的寫作練習，針對不同的文學文本進行深入閱讀，以課堂討論的方式展開賞析比較分析評論，並在此基礎上寫出評論文章。學習者可以從這樣一個學習的過程中，深刻理解閱讀行為對讀者的影響和轉化的概念。並通過自己的寫作演練，對原作進行新的轉化，呈現出讀者個人對作品的觀點和見解。

課堂活動

1. 閱讀馮志的散文《一個消失的山村》，分析作品如何呈現了人與自然的和諧關係？（字數不限）
2. 閱讀李白的詩歌《將進酒》，分析作家採用了哪些手法技巧？呈現出怎樣的時代精神？（字數不限）
3. 閱讀魯迅的《野草・秋夜》，評論作品呈現出作者怎樣的創造力與想象力？（字數不限）
4. 閱讀徐志摩的詩歌《雪花的快樂》，評論作家以怎樣的技巧和手法表達對人生理想的追求？（字數不限）

三、探究並體驗文學作品的影響與作用

閱讀文本的過程是一個探究—反思—行動的過程。莫泊桑認為，“小說家的目的不是給我們講述一個故事，娛樂我們或者感動我們，而是強迫我們來思索，來理解蘊含在事件中的深刻意義。”優秀的文學作品不僅起著打動讀者的

作用，也起著改變人的觀念與改變世界的作用。

　　文學文本的閱讀對讀者的影響造成的轉化是持續性的、多層面的。文學作品以意象、以形象打動人、感染人，讓讀者體驗個人無從擁有、無從經歷的多重多樣的人生。一般來說，閱讀文學作品首先帶給讀者情感觀念的轉化，讀者隨著人物的人生遭遇與命運起伏或悲傷或快樂，產生感同身受的情感共鳴。接著，讀者對作品人物產生精神認同，作品的態度觀念與哲理被讀者接受，並進一步內化為讀者新的想法。聰明的讀者會發現，越是優秀的文學作品，越是能夠對讀者已有的思想看法構成挑戰，或者對於看似合理的主流觀念進行諷刺揭露，或者對於貌似強大的社會力量進行反抗批判，這一切無不影響到讀者思想認識層面的轉化。閱讀後的讀者，會從一個新的視角關注與關懷身邊的現實生活，用一種新的理念關照大千世界，形成對人生世界的新的觀念。這些觀念又必然影響讀者在未來生活中的實際行動。

　　文學作品的影響和力量就在於此：從打動人的情感，到影響人的觀念，然後轉變人們的言行。我們可以想象，無數讀者的轉變會影響到無數人的行為，無數人的行為必然導致整個社會的轉化。

　　應結合文學作品的閱讀，探索和體驗學習者個人自我的變化，並學會用語言與文字加以表達。

課堂活動

1. 閱讀《頑童流浪記》《啞奴》（見《撒哈拉歲月》），舉例說明，你認為這些作品如何打動了讀者？如何令讀者認同了種族平等觀念？這種觀念導致了人類社會哪些行為和制度的變化？

2. 閱讀《玩偶之家》《像我這樣的一個女子》，舉例說明，你認為這些作品如何打動了讀者？如何令讀者認同了性別平等的觀念？這種觀念導致了人類社會哪些行為和制度的變化？你認為這些變化是否對女性社會地位的提高或性小眾的平權運動起到了推動作用？

2 評估演練

2.1 試卷一：有引導題的文學分析

一、考試概覽

試卷一（P1）：有引導題的文學分析								
評估類別	要求	數量	寫作時間	評估標準與分值				分數比重
校外評估				A	B	C	D	
SL： 附有一道引導題的文學分析	從兩篇不同文學體裁的選文中選擇一篇，撰寫一篇分析評論文章。	1篇	75分鐘	5	5	5	5	$1 \times 20 = 20$分，佔35%
HL： 附有一道引導題的文學分析	針對兩篇不同文學體裁的選文，完成兩篇分析評論文章。	2篇	135分鐘	5	5	5	5	$20 \times 2 = 40$分，佔35%

二、評估要求

1. 普通課程和高級課程試卷一附有引導題的文學分析評估的相同之處在於：

（1）試卷一考卷中都有兩篇不同文學體裁的選文，選文可以是一篇完整的作品，也可以是一篇文學作品的節選。選文都是考生未曾見過的文學作品。這些作品可以屬於任何文學體裁，文體形式可以是多種多樣的。

（2）在每一篇選文之後，都附有一個引導問題，這個問題可以針對文學文本的核心技巧和形式要素，為文學文本的分析評論提供一個切入點。

（3）寫作的要求相同，評估標準相同。

2. 普通課程和高級課程的不同之處也很明顯，包括寫作文章的數量、時間都有不同規定：

（1）普通課程的考生必須完成一篇寫作，在 75 分鐘內完成。

（2）高級課程的考生必須完成兩篇寫作，在 135 分鐘內完成。

（一）普通課程的評估要求

普通課程試卷一要求考生在考卷上給出的兩篇選文中，自行選擇任意一篇，寫出一篇分析評論文章。選文後會附有一個引導問題，普通課程考生要圍繞這個引導問題確定自己分析的側重點，來表現自己對選文作品準確深入的理解。普通課程試卷一的分析評論文章不要求必須直接回應引導問題，只要能抓住選文的內容及其形式的特點，展開焦點集中、重點突出的分析，並根據選文的事例進行有理有據的論證，表現自己對選文的理解詮釋就可以了。

（二）高級課程的評估要求

高級課程試卷一要求考生必須針對考卷上給出的兩篇選文，寫出兩篇分析評論文章，考生沒有自行選擇的餘地。每一篇選文後都附有一個引導問題。高級課程考生要通過對兩篇選文後引導問題的回應來表現自己對兩篇選文作品準確深入的理解。高級課程試卷一的分析評論文章不要求必須直接回應引導問題，只要能抓住選文的內容及其形式的特點展開焦點集中、重點突出的分析，提出明確令人信服的觀點，有充足有說服力的論據，有完整嚴密的結構形式，能夠展開條理清楚、結構嚴謹的論述，表現自己對選文的理解詮釋就可以了。

（三）評分要點

對於普通課程和高級課程都一樣，考官將從以下方面考核學生的能力：

首先，看考生的論文中有沒有一些具體事例能充分支持考生對文本內容和思想觀點的理解與詮釋，以及理解的深入和準確的程度。

其次，看考生能不能明辨文體特徵，評價作者所做出的種種選擇有什麼意圖、產生了什麼的作用和效果，構建了怎樣的文本意義。

同時，看考生如何運用邏輯連貫的方式組織呈現自己的觀點看法，嚴謹條理地論述自己的見解和感受。

然後，看考生使用的語言詞彙是否準確清晰，語體風格是否恰當得體，陳述論辯是否具有說服力等。

以上幾項都是考官對試卷一寫作的重要評分標準。

三、學習目標

　　無論是對高級課程的考生還是對普通課程的考生來講，試卷一的文學作品評論文章的寫作都需要多方面的準備和訓練，才能順利完成評估考試。

 課堂活動

一、小組討論：

　　1. 什麼是文本分析？

　　2. 如何進行文本分析？

　　3. 如何訓練與提高文本分析能力？

提示

　　試卷一需要掌握的知識與技能：

● 熟悉文學文本的類型和文體特點

● 準確理解選文附有的引導問題

● 熟練掌控運用考試寫作的時間

二、自我反思：

　　請根據試卷一的評估要求，分析一下自己的情況，想一想你需要在哪些方面準備和訓練，改進和提高，才能滿足評論文章寫作的要求。

四、試卷一評估應對建議與演練方法

（一）熟悉文學文本的類型和文體特點

　　●**一方面，在教學過程中，老師應該：**

　　1. 提供適合學生演練的文本，讓學生熟悉多種文體的文學文本，有機會針對詩歌、各種類型的小說、散文、戲劇劇本、戲曲曲詞、故事、傳記、遊記等進行充分的閱讀理解練習；

　　2. 課堂上要提供學生討論交流的機會，讓學習者彼此之間能相互補充完善，共同提高；

　　3. 老師要給予適當的反饋指導意見，針對學生出現的問題作出講解。

　　●**另一方面，在學習過程中，考生要積極主動，做到：**

　　1. 養成詳細閱讀文本的習慣，學會使用速讀和細讀相結合的方法，先儘快全面掌握文章的整體大意，然後找出作品字裏行間中最有代表性的實例；

2. 反覆訓練，培養自己在閱讀時的注意力和對文學作品賞析的敏感度；

3. 不僅僅要掌握文學的術語，熟悉常見的文學慣用手法，更重要的是理解作者選用這些手法技巧的目的、作用和效果；

4. 學會如何從文本的字面意思，從作品塑造的形象、設置的情節、描寫的片段、使用的修辭手法中，找出隱藏在字裏行間、由此及彼的情感信息，領悟蘊含在作品中的象徵寓意和深刻內涵。

課堂活動

1. 重讀你學過的古典詩歌及新詩作品，歸納詩歌文體的特點。

2. 以小組為單位，整理自己已有的相關知識，說說散文、詩歌、散文詩各有哪些文體特徵要素，和同學討論：在賞評詩歌作品時，常用到哪些文學術語？請以列表的方式舉例並加以整理。

3. 舉例說說，中國的古典詩歌和現代新詩作品，常用哪些主要文學藝術手法來表達情感？

4. 重讀你學過的小說作品，歸納小說文體的特點。

5. 和同學討論：在賞評小說作品時，常用到哪些文學術語？請以列表的方式舉例並加以整理。

6. 舉例說說，小說作品常用哪些主要的手法技巧來塑造人物、突出主題？

7. 重讀你學過的散文作品，歸納散文文體的特點。

8. 和同學討論：在賞評散文作品時，常用到哪些文學術語？請以列表的方式舉例並加以整理。

9. 舉例說說，散文作品常用哪些主要的手法技巧來表達作者對生活人生的看法？

10.重讀你學過的戲劇作品，歸納劇本文體的特點。

11.和同學討論：在賞評戲劇作品時，常用到哪些文學術語？請以列表的方式舉例並加以整理。

12.舉例說說，戲劇文本常用哪些主要的手法技巧來表現作者對社會問題和人性善惡的揭露？

13.整理你對四種文學體裁作品的研習內容，在你的學習者檔案中做出完整記錄。

提示

文學術語部分，建議參看《IBDP 中文 A 課程文學術語手冊》（董寧編著，香港三聯書店出版，2016 年）一書。

（二）準確理解選文附有的引導問題

● 在試卷一的引導題方面，新舊大綱有明顯的變化，考生應該注意：

1. 普通課程考卷的引導題數量由多變少。對於普通課程來說，新的試卷一的選文後面，只有一道引導題，不再設多個引導題。這樣的改變給考生的寫作提供了一個更加明確和集中的切入點，這是考生必須要關注的核心要點。

2. 高級課程考卷的引導題從無到有。對於高級課程來說，舊的試卷一沒有引導題，而新的試卷一在兩篇選文後面，各自增加了一道引導題。這樣的改變有利於考生在規定時間裏完成兩篇評論文章寫作，為考生提供了明確和集中的切入點，以引導題為核心，考生可以儘快確立分析評論的焦點，順利完成寫作。

3. 值得注意的是，考生可以不針對引導題，而是自定寫作的方向和評論的焦點。但是，考生絕對不能忽視引導題的作用，建議考生一定要在對引導題有全面理解的基礎上進行試卷一的寫作。

● 在學習過程中，考生要積極主動，做到：

1. 仔細閱讀分析引導題，全面領會題目的意思和具體要求；

2. 確保自己以引導題為評論的核心重點來展開評論寫作；

3. 熟悉文學文本的核心技巧（慣用手法）和形式要素；

4. 對文學術語的學習、掌握與使用很重要，包括理論概念、手法技巧等。

 課堂活動

1. 小組合作，每組同學選出一篇詩歌作品，請同學為這篇作品寫出一道引導題。各組在班級交流，說說：

   ● 為什麼這是一道恰當的引導題？

   ● 這道引導題是否明確了一個寫作的方向或評論的焦點？

   請其他小組進行評議。

2. 總結各組討論的結果，熟悉詩歌作品可能會出現哪些種類的引導題。請以列表的方式，寫出你認為詩歌體裁通常會出現的引導題。

3. 選擇一道題目，結合詩歌作品說說你將怎樣回應這道引導題。請在口頭練習之後再寫下來。

4. 小組合作，每組同學選出一篇小說／散文／戲劇作品，請同學為這篇作品寫出一道引導題。各組在班級交流，說說：

   ● 為什麼這是一道恰當的引導題？

   ● 這道引導題是否明確了一個寫作的方向或評論的焦點？

   請其他小組進行評議。

5. 總結各組討論的結果，熟悉小說／散文／戲劇作品可能會出現哪些種類的引導題。請以列表的方式，寫出你認為小說／散文／戲劇體裁通常會出現的引導題。

單元六

6. 選擇一道題目，結合小說／散文／戲劇作品，說說你將怎樣回應這道引導題：

● 這道引導題的要求是什麼？

● 你從哪幾個方面回答，並確定評論的焦點？

● 舉出哪些例子，並提出自己的看法？

● 你的觀點和結論是什麼？

請在口頭練習之後，請同學們評議：

● 你是否恰當回答了問題？

● 在寫作時可能會出現什麼樣的問題，如何避免？

7. 整理你在本部分的研習內容，在你的學習者檔案中做出完整記錄。

（三）熟練掌控運用考試寫作的時間

● 一方面，老師應該提醒學生注意：

和舊課程相比，試卷一的寫作時間要求更加嚴格，普通課程同學要訓練自己在 75 分鐘之內完成一篇評論文章的寫作；高級課程的考生要學會平均分配 135 分鐘，完成兩篇論文的寫作。所以課堂上要提供足夠的限時閱讀和寫作的訓練機會，保證考生能在規定的時間內從容地完成試卷一文章的寫作。

● 另一方面，在學習過程中，考生要有意識地培養提高自己的閱讀寫作能力，做到：

1. 掌握快速閱讀的方法技巧，在有限的時間找出文章核心旨意與文體特點；

2. 運用自己平時積累的知識和技巧，不斷進行有意識地限時閱讀與寫作
的訓練；

3. 從引導題入手，避免面面俱到，抓住重點寫出自己對作品深思熟慮的
分析評價；

4. 熟悉評分標準的逐項要求，學會全面檢查，爭取達到最好的效果。

 課堂活動

1. 用 15-20 分鐘時間，通讀選文《雪花的快樂》，從以下幾個方面入手，把自己對文章的理解
和發現依次記錄下來。這些內容，將是下一步展開評論的依據：

   ● 詩歌中的 “她” 有什麼特點？“我” 和 “她” 之間有什麼關係？“我” 對 “她” 具有什
   麼樣的感情？

   ● 詩歌採用 “我” 的自述來抒情，表達出個人的理想、追求和決心。你認為這種角度對抒
   情起到了什麼作用？

   ● 作者賦予了雪花等意象什麼樣的象徵意義？象徵手法在詩歌中起到了什麼作用？詩歌表
   達了詩人怎樣的理想與情懷？

2. 請根據下面的引導題，選用前面單元中學過的作品片段進行分析，寫出你分析評論的要點：

   ● 選文以怎樣的文學技巧和手法反映作品的主題？（如：愛與死亡、生命的意識、自由、
   人與自然的關係，等等。）

   ● 選文的文學技巧和手法怎樣表達了作者對人生的思考？（如：情感態度、對現實世界的
   看法觀點、人生哲理，等等。）

   ● 選文是否有效地／創造性地達到文章揭露社會黑暗的目的？（如：對社會的觀察與思考。）

3. 請選擇一道題目，用自己熟悉的一部作品（小說／詩歌／散文／戲劇任選），在 75 分鐘內
完成一篇試卷一文章寫作：

   ● 作者如何在文中運用各種藝術手法來營造出一種特別的情調？

   ● 作者如何運用各種藝術手法來表達作品的寓意？

   ● 作者如何在文中運用各種藝術手法挑戰了讀者固有的觀念？

4. 和同學交換文章，根據評估標準進行評分，並寫出評分理由及修改意見。

 提示

寫作樣文與評分記錄請查看本書電子資源庫相關內容。（請參見本書前言）

一、考試概覽

試卷二（P2）：文本比較分析論文								
評估類別	要求	數量	寫作時間	評估標準與分值				分數比重
校外評估				A	B	C	D	
SL： 比較論文寫作	從四道論題中選出一道，根據學過的兩部作品完成一篇比較論文，對論題做出回應。	1篇	105分鐘	10	10	5	5	1×30＝30分，佔35%
HL： 比較論文寫作	從四道論題中選出一道，根據學過的兩部作品完成一篇比較論文，對論題做出回應。	1篇	105分鐘	10	10	5	5	1×30＝30分，佔25%

二、評估要求

（一）普通課程和高級課程的評估要求

　　大綱明確規定普通課程和高級課程試卷二的寫作要求是完全相同的。（DP文學課程和語言與文學課程的試卷二的要求也完全一樣。）

1. 考卷形式相同，都要求考生撰寫一篇論文。

2. 寫作要求和評估標準相同，考試時間亦同，均須於105分鐘內完成。

3. 考卷中都有4道論題供考生選答其一，這些問題將聯繫本課程的七個核心概念，關注文學研究的各個方面。這些問題將不會針對具體的文學體裁，允許學生採用任何作品組合來答題。

4. 必須使用學生在課堂上學習過的兩部文學作品進行比較，來回應論題；要特別注意的是，考生在試卷二中使用的作品，一定是考生在其他的校內評估或高級課程論文寫作中沒有使用過的。

- 大綱規定同一部文學作品，不可以在不同的考試中重複使用。

- 考生用來答題的兩部作品必須是由兩位不同的作者撰寫的。

● 所使用的作品可以屬於任何文學體裁，也可以是不同文學體裁的作品的任意組合，它們可以是學習過的翻譯作品，也可以是用所學語言 A 撰寫的作品原著。它們可以出自《國際文憑指定閱讀書單》，也可以由學生自己自由選擇。

（二）試卷一與試卷二的區別

1. 在試卷一的寫作時，考生所面對的只是一篇具體的文學作品，考生只要根據自己對作品的閱讀理解、找出自己認為此篇作品最突出、最值得分析的角度確立自己的觀點，自圓其說、言之有理就可以了。

2. 在試卷二的寫作時，要顧及更多的方面。

首先，考生所面對的是 4 道論題，這些問題不會針對具體的文學體裁，而是與本課程的七個核心概念密切關聯，探討的可能是文學研究各個方面的問題。不理解或者不能透徹理解題目，就無從開始寫作評論。

其次，試卷二要求必須採用兩部作品進行比較研究，對所學過的兩部相同或不同體裁的作品的內容和形式進行比較和對照，用豐富的作品實例，採用具有說服力的事例對論題進行充分論證。所以，必須非常熟悉所學過的兩部作品，能舉出作品中的實際例證，才能順利完成試卷二的論文寫作。

（三）評分要點

對於普通課程和高級課程都一樣，考官將從以下方面考核學生的能力：

首先，看考生在何種程度上對學過的兩部作品有怎樣的理解，並能從回應論題的角度進行詮釋與解讀。

其次，看考生能不能運用恰當的分析評論的技巧，採用兩部作品中的事例充分支持自己的分析，對兩部作品進行有效的比較，做出有說服力的論證。

在比較評論的過程中，看考生如何緊緊扣住論題，運用邏輯連貫的方式，對兩部作品做出均衡而又重點突出的比較論述，嚴謹條理地呈現自己的思想觀點。

最後，看考生的語言詞彙、文學術語的運用是否準確清晰，語體風格是否恰當得體，陳述論辯是否具有說服力等。

以上幾項都是考官對試卷二論文寫作的重要評分標準。

三、學習目標

無論是對高級課程的考生還是對普通課程的考生來講，試卷二的比較分析論文的寫作都需要多方面的準備和訓練，才能順利完成評估考試。

課堂活動

一、小組討論：

　　1. 什麼是比較分析論文？

　　2. 如何進行文本比較分析？

　　3. 如何訓練與提高文本比較分析能力？

 提示

　　試卷二需要掌握的知識與技能：

　　● 熟悉文學文本的類型和文體特點

　　● 準確理解論題的含義及具體要求

　　● 熟練運用比較和對照分析作品的方法

　　● 透徹了解所學過的作品內容及其特點

　　● 掌握比較評論文章的組織結構與條理

　　● 適當運用詞彙、語體、風格和文學術語

　　● 熟練掌控運用論文寫作的時間

二、自我反思：

　　請根據試卷二的評估要求，分析一下自己的情況，想一想你需要在哪些方面準備和訓練，改進和提高，才能滿足比較評論文章寫作的要求。

四、試卷二評估應對建議與演練方法

（一）準確理解論題的含義及具體要求

　　試卷二論文寫作的關鍵是考生必須在論題所限定的範圍內作文，否則就會出現跑題、偏題的現象。考生必須準確、全面地理解題意，領會論題的意思及要求。這是寫作能否成功的關鍵一步。

　　現行的試卷二考卷提供四道論題供考生擇一回應。和舊的考題不同，這四道題目不僅僅是考核文學文體的知識，還要考核學生對課程中文化主題的理解與運用。試卷二要求考生根據選擇的文學作品，結合具體的文學手法來探討和評論兩部文學作品（相同或相異的文學體裁）是以怎樣的手段和方式對共同的主題或問題進行表現，並達成怎樣的效果。因此，試卷二的論題可能不要求考生分析作品具體的形式特徵，而是要求考生以作者的選擇如何創造了文本的意義為論述的要點。

考生必須學會審題和立論，要從論題的字裏行間盡量找到論題所包含的確切含意，進行分析和評論。這是撰寫比較論文寫作的第一步。

 課堂活動

一、審題釋題：找出題目中的關鍵詞、具體要求、慣用手法，理解論題要求，用自己的語言解釋題目的意思。

二、細讀題目，回應下面的問題：

題目	關鍵詞	具體要求	慣用手法	相關文化主題
在你選修的兩部文學作品中，作者利用哪些寫作技巧成功地塑造了令人難忘的藝術形象？				

提示

● 找出關鍵的字詞，理解題目的意思；

● 說明解釋題目中的關鍵詞（核心概念、術語），注意論題的要點及細微處，做出明確的解讀；

● 指出論題的意義內涵，明確題目的具體要求是什麼，指示你做什麼；

● 這個論題和哪個主題或問題有關聯？

單元六

三、選擇作品：回憶自己所學過的作品，考慮哪些作品和這個論題有所關聯，並思考你可以針對
　　什麼內容進行比較論述。

四、立論：表明你的觀點和態度，指出"我"對題目的看法即本文的論點是什麼。

提示

● 你認為論題中的概念在何種程度上對你選擇的文學作品的哪一個方面有所影響，如，
　對小說的人物、主題、風格等方面起到了什麼作用，造成了什麼結果？
● 請注意，在這裏闡明的要點，將會成為本文所要論述的主要觀點，所以要明白、準確、
　具體，不要空泛。

五、以小組為單位，根據下面的論題演練，並在班級分享：

　　"反對不公正（不公平）的鬥爭是文學作品的常見主題。請以學過的兩部文學作品進行分析，
比較兩個作家所採用的描繪不公正世界的方式方法。"

　　找出題目中的關鍵詞、具體要求、慣用手法：

題目	關鍵詞	具體要求	慣用手法	相關主題與概念	回應作品

提示

審題可以從以下幾個方面著手：

● 細讀題目，找出關鍵的字詞，明確題目的具體要求；

● 判定此論題所涉及到的是哪一種核心概念、主題、話題；

● 從所學文學作品中，確定可以選哪兩部作品中的恰當內容進行闡述。

（二）熟練運用比較和對照分析作品的方法

比較論文必須針對兩部作品的內容和藝術特色進行比較對照。比較兩部作品，需要建立一個比較基礎，仔細閱讀作品，找出文本之間的相同點和不同點。比如，針對特定的主題，要找出主題表達方式的相似之處或不同之處，具體就作者的信息、情節、觀點、角色背景、角色動作、角色動機、設置等方面的異同進行分析，對論題做出分析論述。在對兩部作品進行引用與分析時，要保證均衡平均，不能有所偏重。採用一主一副的分析方法是不合規定的。考生要思考如何學會正確使用比較對照的方法，找到兩部作品可以比較的焦點，提出比較的依據，分析兩部作品的異同。

對兩種文本的比較是通過分析進行的。比較兩部作品的異同之處（對兩部作品的共同點與不同點進行總結評論，將幾個分論點歸結彙總），應該包括下面幾個內容：

1. 第一部作品和第二部作品的共同點有哪些？（"是什麼"、"怎麼樣"）

2. 第一部作品和第二部作品的不同點有哪些？（"是什麼"、"怎麼樣"）

3. 兩部作品採用這種方法各自達到了什麼效果？在哪一點上或者什麼程度上驗證了論題的論斷？

即，要找出比較點。將論文的重點放在異同之間，這些異同可以是以下的一個或者幾個方面：

單元六

- 寫作背景 / 創作意圖
- 小說情節
- 人物設置
- 結構佈局
- 敘述角度 / 人稱
- 敘述者
- 主要人物 / 刻畫手法的特點
- 其他人物 / 刻畫手法的特點
- 作品的意象、寓意
- 作品的風格特色（語調、口吻、語句、修辭手法等的使用及作用）
- 從人物的遭遇、命運角度審視作品的主題、人性的展示、對社會問題的揭露

 課堂活動

細讀論題，選用自己熟悉的作品進行演練：

1. "有人認為文學只是談及愛情與死亡。以你選修的兩部作品為基礎，討論這個說法的正確性。"請根據自己選擇的作品內容，以列表的方式寫出要比較的項目之間的異同：

比較點	作品 A	作品 B

提示

　　使用列表，盡量找出足夠的相似點和不同點以構建你的論文提綱和寫作計劃。盡量找出具體的事例來證明你的觀點。

2. 你將採用哪幾個作家哪幾部作品進行論證？能否確定你有足夠的證據說明你的觀點？

3. 兩人一組，交換審查各自的圖表，口頭交流自己的寫作構想，提出補充意見並修改完善。

（三）透徹了解所學過的作品內容及其特點

● 一方面，老師在教學中要注意：

在舊課程中，試卷二可選用的作品明確要求必須是相同體裁的文學作品。相比之下，新課程的試卷二可選用的作品更加寬泛和靈活。老師應該鼓勵考生選用所學過的不同體裁的作品進行回應論題的寫作。考生也可以選用自己熟悉的作品進行寫作，採用更加多元開放的角度，進行論述。

● 另一方面，考生必須明白：

想要寫好比較論文，首先必須要對兩部文學作品有全面透徹的了解。寫作之前，考生已經在課堂學過了作品，必須對整個作品的各方面了如指掌、全面掌握。這就要求考生在平時的學習中，必須結合七個核心概念，運用文學理論知識，對作者的身世經歷、作品產生的時代背景、社會條件、文化影響、文本形式、內容意義、藝術形象、風格特色、作品在文學史上的地位作用以及價值等問題都要盡可能作深入細緻的研究，才能保證在寫作時根據論題的要求順利完成試卷二。

 課堂活動

1. 請根據論題："你所閱讀的兩部文學作品以何種方式和出於何種原因描繪了男女之間的鬥爭？"選擇適當的作品進行回應。

2. 你選的作品屬於哪種文體？各自有什麼特點？主要的相同與不同之處何在？

3. 請根據作品內容，以列表的方式寫出要比較的項目之間的異同。

比較點	作品 A	作品 B	內容特點	手法形式特點	可聯繫到的概念

4. 請用一段文字概要歸納兩部作品的相同與不同之處：

● 第一部作品和第二部作品的共同點有哪些？（"是什麼"、"怎麼樣"）

● 第一部作品和第二部作品的不同點有哪些？（"是什麼"、"怎麼樣"）

（四）掌握比較評論文章的組織結構與條理

撰寫比較論文時，文章的組織結構尤為重要。寫作者要確保針對兩部作品的分析內容均衡，條理清晰，佈局合理，結構完整。一般來說，文章可以採用兩種結構方法或者結構順序：

其一，"逐個"結構。先陳述 A 的特徵，然後陳述 B 的特徵。

其二，"逐點"結構。先陳述 A 和 B 的所有共同特徵，然後陳述所有 A 和 B 的不同之處。

兩者各有利弊，考生可以根據自己的需要選用自己最拿手的方式即可。無論是哪一種方式，考生都要做到：對論題做出明確的回應，突出自己明確的觀點，針對自己的論點進行闡述。論述觀點時，學會從兩部作品中引用準確的例證，比較出兩部作品之間在主題、概念、背景、風格或形式方面的相似和不同之處，說明自己的觀點、支持自己的論述。為了突出論述的重點，要做到文章的結構層次條理有序，讓自己的觀點論述充分展開。

 課堂活動

1. 請根據論題："比較分析《孔乙己》《啞奴》的敘述角度和敘述人稱的作用及效果。"列出一個寫作提綱，確定文章的結構佈局。（可填寫下表，作為參考）

論題		
你的論點		
選用作品		
比較點 ❶：相同 / 不同		
比較點 ❷：相同 / 不同		
比較點 ❸：相同 / 不同		
……		
你的結論		

2. 根據你的寫作提綱，總結一下試卷二論文的寫作步驟，規劃自己的文章結構。

● 你的文章大致分為幾個部分？

● 每一個部分各自有什麼內容？

● 在每一段落裏如何回應：是什麼、為什麼、有什麼作用的問題。

● 有哪些論據可以引用？在不照抄原文的情況下如何引用？

提示

　　在選擇論據例證的時候，考生選取的例子應來自作品的各個部分，才能更好地表現對整部作品的理解和掌握。

3. 請寫出文章的結尾段，闡述在你看來這兩部作品採用了怎樣的方法、各自達到了什麼效用？在哪一點上或者什麼程度上驗證了論題的論斷？

（五）適當運用詞彙、語體、風格和文學術語

　　試卷二寫作的成功與否，關鍵還是要看寫作者能不能藉助文字語言有效地表達出自己對作品深刻的理解和獨到的見地，所以，考生的書面詮釋及分析能力是最關鍵的。這種能力必須在學習的過程中得到培養發展並不斷提高，才能保證試卷二取得優異的成績。這也是學習試卷二寫作的重要目標和任務。

　　考生要從以下幾個方面嚴格要求自己：

　　1. 培養自己對語言語體的敏感與領悟力；

　　2. 對文學術語的熟練掌握與運用；

　　3. 養成清晰與準確的語言表述習慣；

　　4. 有意識地訓練自己使用準確的語言、恰當的結構形式；

　　5. 善用具體的作品實例來表達自己的觀點和見解；

　　6. 針對論題進行有說服力的鑒賞和評論。

課堂活動

1. 以小組或自願結伴的方式，根據評估的語言要求，交換檢查彼此的文章。聚焦於語言的表達上，給對方評分並指出評分理由和修改意見。

2. 參考閱讀他人的評論文章，吸收有益的內容為自己所用。

3. 在學習者檔案中記錄總結和反思自己在書面表達方面的長處與不足。

（六）熟練掌控運用論文寫作的時間

珍惜每一次課堂演練的機會，利用每一道練習的題目，讓每一次的寫作練習都成為限時演練。

 課堂活動

一、計時寫作，反覆演練，在規定時間內完成寫作任務。

二、選用前面單元中學過的作品，根據該單元作品中提供的引導問題進行分析，寫出比較論文的寫作要點：

三、選用前面單元中學過的作品，針對下面的論題，進行寫作演練：

1. 在你選修的兩部文學作品中，作者怎樣由淺入深地體現出主人公對世俗觀念的不斷抗爭？

2. 在你選修的兩部文學作品中，作者利用哪些寫作技巧成功地塑造了令人難忘的藝術形象？

3. 你所閱讀的兩部文學作品以何種方式和出於何種原因使女性發聲？

4. 你讀過的兩部文學作品的作者如何用語言評論性別不平等？

5. 你閱讀的兩部文學作品是如何被不同的讀者以不同的方式撰寫和接受的？

6. 作者有時會以非線性方式講述他們的故事。比較你已閱讀的至少兩部作品的作者以非線性方式講述他們故事的方式和原因。

7. 以你選修的兩部作品為基礎，闡述作者用什麼技巧來描述某一特定的社會或政治語境。

8. 有人認為文學只是談及愛情與死亡。以你選修的兩部作品為基礎，討論這個說法的正確性。

提示

寫作樣文與評分記錄請查看本書電子資源庫相關內容。（請參見本書前言）

2.3 個人口試

一、考試概覽

個人口頭評論（IO）								
評估類別	要求	數量	考試時間	評估標準與分值				分數比重
校內評估				A	B	C	D	
SL： 個人評論並回答老師提問	選用一部中文原著作品的節選和一部翻譯文學作品的節選，考察一個全球性問題，完成一個口頭評論。	1次	10分鐘評論，5分鐘回應問答。	10	10	10	10	40分，佔30%
HL： 個人評論並回答老師提問	選用一部中文原著作品的節選和一部翻譯文學作品的節選，考察一個全球性問題，完成一個口頭評論。	1次	10分鐘評論，5分鐘回應問答。	10	10	10	10	40分，佔20%

二、評估要求

（一）普通課程和高級課程的評估要求

　　個人口頭評論，是本課程的一項重要考核內容。大綱明確規定了普通課程和高級課程個人口頭評論的要求是相同的。普通課程和高級課程的考生要通過對一部中文原著文學作品和一部翻譯文學作品的文體形式的特點、作品主題內容以及手法技巧的運用等方面進行有論有據、條理完整、清晰流暢的口頭分析和評論。考察和研討作品對你選擇的全球性問題的呈現的方式及其效果。

　　個人口試必須要針對兩部作品的文學文本節選片段。考生要在一部中文作品和一部翻譯文學作品中各選長達40行的節選片段。節選片段必須清楚地顯示所探究的全球性問題。講述時，考生要精確指出節選出自何處，要對作者採用了哪些手法技巧、體現了哪種風格特色、如何呈現這個全球性問題，來進行口頭評論，並且清楚地對兩部作品中的這個全球性問題的意義價值表明看法，同時對其所呈現的方式效果進行分析評論。考生要精確引用選段中的字句來支持評論。

　　考生先進行 10 分鐘的口頭評論，然後與老師交談 5 分鐘，集中針對兩個文本中的一個全球性問題進行討論。整個評估的時間長度為 15 分鐘。評估要現場錄音，錄音必須連貫不能中斷。老師要保留錄音評估的記錄，準備提交 IB 外部複查。

（二）評分要點

　　對於普通課程和高級課程都一樣，通過個人口頭評估，考官將從以下方面考核學生的能力：

　　首先，看考生在何種程度上對學過的兩部作品及其節選有怎樣的理解，並能舉出作品選篇中的例子來討論作品與全球性問題的關聯，精選兩部作品中的事例能充分支持自己的分析詮釋與解讀。

　　其次，看考生能不能精確地描述和分析作者採用了怎樣的文學手法來呈現這個全球性問題及成效如何。

　　再次，看考生如何緊緊扣住全球性問題，運用邏輯連貫的方式，對兩部作品做出均衡而又重點突出的比較論述，融會貫通地表達自己的思想觀點。

　　最後，看考生如何使用清晰準確的語言詞彙文學術語，如何運用恰當得體的語體風格及語氣語調進行流暢的口頭表達，展示自己口頭表達的語言能力和技巧運用水平。

三、學習目標

　　無論是對高級課程的考生還是對普通課程的考生來講，口試考察的口頭評論能力都需要多方面的準備和訓練，才能順利完成評估考試。

 課堂活動

一、小組討論：

　　1. 什麼是個人口頭評論？

　　2. 如何進行個人口頭評論？

　　3. 如何訓練與提高口頭評論能力？

單元六

提示

個人口試需要掌握的知識與技能：

- 準確理解全球性問題的內涵與外延
- 透徹了解所學作品的內容及其形式特點
- 學會聆聽與回答老師的提問的方法
- 使用必要的口頭表達技巧及語體風格
- 有效利用口頭演講的時間

單元六

二、自我反思：

　　請根據個人口試的評估要求，分析一下自己的情況，想一想你需要在哪些方面準備和訓練，改進和提高，才能順利完成個人口試評估。

四、個人口試評估應對建議與演練方法

（一）準確理解全球性問題的內涵與外延

認真研習五個全球性問題，探究和思考每一部作品中涉及到的問題，結合作品，對作品如何呈現問題進行分析，並提出自己的見解。

（二）透徹了解所學作品的內容及其形式特點

在平時的閱讀學習中，要做到全面理解作品的內容，對一些自己認為有特色的片段，更要注意仔細分析，做到心中有數。

（三）學會聆聽與回答老師的提問的方法

回答老師的現場提問，也是個人口頭評論的一項重要內容。回答問題的過程，可以看出一個學生的應變能力、和他人交流的能力、理解與詮釋表達的能力。在個人評論結束後，老師會立即根據你的評論提出一些問題，考生一定要認真仔細地聽，及時對問題做出適當的回答。老師的問題也會提供一些機會讓考生更加自由地發揮，一定要利用這個機會，表達自己個人的見解。

（四）使用必要的口頭表達技巧及語體風格

平時要有目的、有計劃地培養和鍛煉自己的口頭表達的能力。找機會和他人交流，積極參與課堂內和課堂外的討論活動，互相傾聽、主動展開討論。在課外進行一些限時練習，選擇一個作品的選段，讓自己在規定的時間裏做出評論，在練習中發現自己的不足，並不斷提高。養成用標準的語言、恰當的語體，清楚明白、準確有效地表達自己的習慣。口頭表達最基本的要求是規範、清楚、明白。語氣、語態、語調和語速都要和表達的內容相互配合。

（五）有效利用口頭演講的時間

口頭演講的時間是有嚴格限制的，要保證在規定的時間之內完整、全面地順利完成自己的評論。

（六）個人口試評估的具體步驟

第一，查看自己的學習記錄，從自己所學的文學作品中選擇出一個自己最感興趣的作品和五個全球性問題中的一個。

- 對於普通課程的學生來說，有四部文學作品可供選擇；
- 對於高級課程的學生來說，有六部文學作品可供選擇。

第二，定義你的全球性問題，並具體準確地界定與說明你的全球性問題。可以使用一個陳述句概括。如，在《像我這樣的一個女子》中，選擇的全球性問題是政治、權力和公平正義。可界定為：女性在婚姻中的不公平的角色與社

會地位、生存困境，或者：女性在社會中的不公平地位，及職業女性的生存困境。

第三，根據你的全球性問題，找到合適的翻譯文學文本。如，可以用《玩偶之家》，選擇的全球性問題是政治、權力和公平正義。涉及女性在婚姻中的不公平的角色與社會地位、生存困境，或者：女性在社會中的不公平地位，及女性在婚姻中的角色與困境。

第四，策劃文本，進行研究，記錄相關活動並做筆記，在進行個人口頭發言之前，要和你的老師討論你打算準備的全球性問題，並且仔細查看各項評估標準。

第五，確定你的 40 行的節選片段。它們可以是小說、戲劇、短篇小說或文學散文的片段，也可以是一首詩或一首詩的摘錄。但須注意，一旦從特定文學作品中摘錄為個人口試的片段，你就不能再將其用於試卷二論文或高級課程論文的評估中。

第六，在正式的口試時，考生只允許攜帶 10 個要點的提綱進入考場，這個規定對於考生能否順利完成口試，具有非常重要的作用，所以考生必須很好地利用這 10 個要點的提綱。

第七，考生需要在考試前至少一週，與老師討論你選擇的文本和你確定的全球性問題。

第八，口試時，要攜帶你選擇的摘錄片段 / 口試文本（乾淨副本，只有原文，不可加其他註釋文字）進行現場分析評論。

課堂活動

一、找出全球性問題：

1. 查看全球性問題，查看自己學習的文學作品，找出作品中的相關全球性問題。根據文本的內容，考慮可能可以通過這些文本探討的全球性問題。

2. 界定你的問題內容，找出關鍵詞語。

3. 根據你選擇的問題，做 5 分鐘的陳述，內容可包括：

● 全球性問題介紹──明確界定陳述

● 作品介紹

● 作品和全球性問題的關聯

● 作品如何呈現了這個問題──手法、結構、語言特色、非語言文字的技巧

● 你如何評價這樣呈現的價值與意義

二、詞語配對：用連線的方式將下面的詞語與五個全球性問題搭配：

公平貿易●   ●屏幕成癮
父母身份●   ●貧窮
民族主義●   文化、認同和社區   ●生存困境
移民●   ●生活壓力
審查制度●   信仰、價值觀和教育   ●生命態度
不平等●   ●對死亡的表現
腐敗●   政治、權力和公平正義   ●自然災害
女權主義●   ●英雄
階級差異●   藝術、創造力和想象力   ●愛國主義
與工作有關的壓力●   ●價值觀念
種族主義●   科學、技術和環境

三、錄音分享並討論：

1. 從魯迅的《吶喊》中選擇一篇，確定一個適當的全球性問題，進行 5 分鐘的分析評論，並錄音。

2. 在班級小組分享互聽錄音，邊聽邊做記錄，注意下面的幾個問題：

● 口頭評論如何開頭？從介紹作品還是從介紹問題開始？

● 怎樣用語言界定全球性問題？

● 口頭表述的整體結構如何？突出了什麼重點？

● 對問題呈現的分析是否充分？是否深入？

● 評論的時間掌握如何？

● 語言的表述如何？

一、語句結構安排

1. 介紹全球性問題，闡述選擇問題的意義和目的。開頭語可用：

● 我可以開始嗎？好。我想通過介紹我的全球性問題（女性的社會地位）來開始我的個人口頭發言。我想談談為什麼選擇這個問題：……。

2. 分別介紹兩個文本的來源、文本的內容與問題的關聯，以及如何以內容、風格手法討論這個鎖定的問題。

3. 論述兩個文本的文本特點，各自如何呈現了這個問題。本部分為內容主體。

4. 結束語可用：

● 我得出的結論是這兩個文本都是關於……的。（從全球性問題開始得出結論）我已經分析了它們如何同時使用……來實現此目的，並且已經展示了他們如何探索……的全球性問題，……我認為……。

二、選析文體特徵

一個文本會有多種的文學特徵，但是因為討論每個文本的時間不到 5 分鐘，因此你必須仔細選擇要點進行重點分析。評估標準 B 項要求考生運用自己對每種文本的知識和理解來分析和評估作者選擇呈現全球性問題的方式。

可以從四個方面對文本展開分析：

● “意義”──與正在探討的全球性問題和論點相關的要點

● “受眾”──文本如何對讀者產生影響，是怎樣的影響

● “目的”──作者撰寫這些文本的意圖

● “風格”──作家如何使用文學技巧達到特定目的

四、小組合作：選擇《玩偶之家》與《傷逝》這兩個文本，討論：

1. 文本一和文本二有什麼共同點？探索什麼全球性問題？

2. 確定一個全球性問題。假設你們小組打算對這個文本進行個人口頭表達，你們會如何準備？

第一步：準備問題和作品

● 確定的全球性問題是什麼？

● 選出文本片段 40 行，明確兩個文本的文體特徵是什麼？

● 文本一如何與你的全球性問題相關？

● 文本二如何與你的全球性問題相關？

第二步：準備大綱

允許考生攜帶準備好的 10 個要點提綱進行口試。口頭考試前，你要準備一頁大綱，包括 10 個要點，要求寫在一張紙的一面上，這些要點是提示，不能是全文。此大綱簡明即可，不

必包含完整的句子，只要具有提示作用，幫助你在口試中發言做到輪廓清晰，避免遺漏重要內容。

第三步：小組合作完善

● 小組內輪流閱讀每人的個人口試提綱，比較每個人的的大綱內容，討論異同，商討口頭表達的策略。

● 補充修訂自己的大綱，針對你沒想到的內容部分，在文本上做記錄，包括思維導圖、表格或箭頭，以幫助自己更深刻地了解有關全球性問題在文本中的呈現。

第四步：練習口頭表達，做到口試的語言符合要求

● 正確使用詞語句子；

● 聽起來連貫流暢，合乎邏輯；

● 說話不重複，很有說服力；

● 觀點明確，對讀者影響深刻。

五、實際演練：

1. 確定一個適當的全球性問題，將文本有效地與之聯繫在一起。

2. 對這個問題和兩個文本進行一些探究。

3. 向老師展示你的規劃，與老師簡要討論你的全球性問題。

4. 進行個人口頭模擬演講練習，可在鏡子前練習幾次，然後錄製 10 分鐘的個人口頭發言。

5. 與老師分享你的錄音，請老師指出在錄音中聽到的優劣之處。

● 個人口試應該是一個現場的評論，而不是一次排練好的腳本背誦。

● 可試問自己：如果個人口試聽起來像是腳本、背誦或排練該怎麼辦？

● 學會運用一些新的技能和概念，以確保每個人的實際口試都保持獨特性和原創性。

● 在與你的老師進行 5 分鐘的討論時，不要緊張退縮，而要積極主動。對老師的問題不要簡單回答 "是" 或 "否" 或簡短的答案，要保證提供完整的答案，詳細說明你所知道的內容，闡明與全球性問題的關係。

六、採用前面五個單元中的題目進行演練和活動。

口試樣稿與評分記錄請查看本書電子資源庫相關內容。（請參見本書前言）

單元六

2.4 高級課程論文

一、考試概覽

高級課程論文（HL essay）								
評估類別	要求	數量	寫作時間 字數規定	評估標準與分值				分數比重
校外評估				A	B	C	D	
SL： 無	/	/	/	/	/	/	/	0
HL： 論文	聯繫一部學過的文學作品，選擇一個文學主題進行探索研究，構建自己的觀點，撰寫一篇正式的學術論文。	1篇	課外完成， 1500-1800字	5	5	5	5	1×20＝20分，佔20%

二、評估要求

（一）高級課程論文評估要求

　　高級課程論文，是高級課程的每個考生必須完成的一項學習任務，分數佔總成績的20%。這項評估，為高級課程的考生提供了一個學習文學知識並運用知識的好機會。評估要求考生在課程學習過程中，把自己學習的文學作品和七個核心概念結合起來，以文學作品作為研究的對象，探索一個文學主題，構建自己的學術觀點，自由獨立地進行一次文學研究，完成一篇1500-1800字的正式的文學專業研究論文。

　　和以前的DP文學課程相比，新的普通課程和高級課程之間的距離拉大，兩者難易程度差別更為明顯。從上表可見，高級課程論文的評估要求，體現出高級課程的考生不但在閱讀作品的數量上，也在評估項目的數量上比普通課程考生有了更多的學習任務，面臨更多的挑戰。

（二）評分要點

對於高級課程考生的論文，考官將從以下方面考核學生的能力：

首先，看考生的論文中能不能引用一些具體事例來展示考生對所選作品的全面深刻的理解，在確定主題時是否有效地將自己的選題與核心概念有機結合，創建具有意義的思想觀點。

其次，看考生能不能明辨文體特徵，解析作者在語言、技巧、風格等方面所做出的種種選擇如何構建及產生怎樣的文本意義和效果，充分利用對作品的理解和分析來支持個人思想觀點的論述，探討作品中的具體內容和探究主題之間的相互關係，並得出合理的結論。

然後，看考生如何運用邏輯連貫的方式組織結構、呈現自己的觀點看法，將作品中選出的關鍵例證恰當地整合在文章中，讓自己的思想觀點得以嚴謹條理、重點突出、完整清晰地展示出來。

還要看考生是否掌握了參考資料的引用註明方法，為論點的提出提供更廣泛有力的論據支持，熟練掌握正式學術論文的體例規範和要求。

最後，看考生使用的語言詞彙是否準確清晰，富於變化，文章的語體風格是否恰當得體，詞彙、句子結構是否準確規範，概念術語、成語典故的運用是否豐富多樣，辨析論證是否具有說服力和感染力等。

三、學習目標

通過高級課程論文寫作，可以突出培養考生以下幾方面的能力：

第一，培養考生高層次的思維技能，發展學生的辨別能力、批判性分析能力，以及評價各種理論、概念和論點的能力。

第二，培養考生探索研究的技能，發展學生選擇作品、確定研究主題、結合概念進行思考研究的能力，以及開展個人研究的能力。

第三，培養考生學術論文的寫作技能，提高學生引用和註明參考資料出處的能力，判斷資料真偽的素養，以及運用語言闡述觀點的能力。

● 老師的角色——促進者

1. 教師不應給學生佈置作品或主題，可適當性給出建議；
2. 論文寫作可以得到老師的輔導安排和幫助支持；
3. 促使並幫助學生獲得本學科最有用的資源；
4. 提供指導和建議，而不是做出規定和限制。

● 學生的角色──探究者

1. 考生擁有自主權，必須獨立地為自己的論文選擇作品和主題；

2. 主動與老師進行磋商，參考老師的建議；

3. 按時完成研究寫作任務，準時提交評估作業；

4. 論文作業要由自己完成，遵守學術誠信。

 課堂活動

一、小組討論：

　　1. 什麼是高級課程論文？

　　2. 如何撰寫一篇正式的文學學術論文？

　　3. 如何訓練與提高論文撰寫能力？

 提示

高級課程論文需要掌握的知識與技能：

● 明確作品主題找出與核心概念的密切關聯

● 選擇恰當的研究話題構建自己的論述觀點

● 搜集查找和論文寫作相關的參考研究資料

● 規劃制定並完成一個條理清晰的寫作大綱

● 掌握正規學術論文的框架結構與體例規範

單元六

二、自我反思：

　　請根據高級課程論文的評估要求，分析一下自己的情況，想一想你需要在哪些方面準備和訓練，改進和提高，才能滿足評論文章寫作的要求。

四、高級課程論文評估應對建議與演練方法

（一）明確作品主題找出與核心概念的密切關聯

　　●一方面，在教學過程中，老師應該：

1. 針對每一個單元的核心概念設計充分多樣的教學活動，使學生全面理解核心概念，並能靈活地加以運用；

2. 採用各種創造性的方法進行教學，針對每一部文學作品的主題和問題進行充分研究探討，使學生能融會貫通，並形成自己的看法；

3. 提供多種多樣、文體各異的文學文本，透徹講解文學作品的手法技巧，使學生掌握相關知識並能轉移應用；

4. 在課堂上提供學生討論交流的機會，讓學習者彼此之間能相互補充完善、共同提高；

5. 給予及時的反饋指導意見，針對學生出現的問題作出講解。

● 另一方面，在學習過程中，考生要積極主動，做到：

1. 注重對概念的理解，在單元學習過程中明確該單元所要探究的核心概念，積極參與課堂學習活動，通過集體討論與個人研究，達到對本課程的七個核心概念的全面透徹的理解；

2. 能從概念的角度思考文學作品的主題與問題，對所學習的文學作品的主題意蘊有全面透徹的了解，並能找出作品字裏行間最有代表性的實例加以闡釋，進而提出獨到的個人見解；

3. 總結回顧已經學過的文學知識及文學術語，仔細揣摩反覆訓練，發現蘊含在作品中的深刻內涵及主題意義，並確定一個論文主題，嘗試進行研究探討。

課堂活動

1. 整理已經學過的七個核心概念，將它們和你學過的作品相互聯繫，填寫下表，並將內容記錄在你的學習者檔案中。

核心概念	學過的作品	相互關聯
身份認同		
文化		
觀點		
創造		
交流		
呈現		
轉化		

提示

可以舉出前面單元學過的作品，並找出彼此的關聯。

2. 整理已經學過的所有文學作品，試著歸納它們的主題，填寫下表，並將內容記錄在你的學習者檔案中。

學過的作品	作品的主題	作品中的事例

3. 選出一部文學作品，以一個核心概念為起點，就作品的內容和主題，與概念的關聯談談自己的看法和意見。以小組為單位，各自說說自己的想法，提出肯定與補充的建議。每人做出記錄，並根據大家的意見加以完善。

我選擇的作品	主題和概念的關聯	討論意見：可取之處	討論意見：不當之處	修改要點

4. 整理討論的內容，在你的學習者檔案中做出完整記錄。

（二）選擇恰當的研究話題構建自己的論述觀點

● 一方面，在教學過程中，老師應該：

1. 明確告訴學生高級課程論文的選題和一般的文學作品評論文章的寫作有所不同，和專題研究論文的選題也不一樣，必須將作品和概念相互結合才能滿足評估的需要；

2. 提供足夠的課堂學習時間和機會，針對不同的文學作品展開分析討論，讓每一個同學有機會建立自己的觀點，並在班級得到自由充分的表達；

3. 提供必要的文學論文樣板供同學觀摩分析，讓同學們就文章論點的提出和論述發表自己的看法，也可以請學生提供一些樣文，進行分析比較；

4. 在課堂上提供學生提出論點、修改論點的機會，鼓勵學生在班級和其他同學交流意見，讓學習者彼此之間能相互補充完善、共同提高；

5. 老師要給予及時的反饋指導意見，針對學生出現的問題作出講解，讓學習者有機會不斷修改完善提高。

● 另一方面，在學習過程中，考生要積極主動，做到：

1. 在選擇論題之前要明確評估的要求，認真思考，明白如何選擇論題、提出什麼樣的論點關係到論文寫作的成敗；

2. 選擇可行的論題，以核心概念為出發點，結合自己最熟悉的作品，提出自己的研究問題，突出個人的見解；

3. 尋求必要的支援，在選題之後，要主動聽取指導老師的建議，根據建議加以完善修改。

 課堂活動

一、閱讀西西小說《像我這樣的一個女子》，回答下面的問題：

　1. 你認為這個作品和哪些概念有密切的關聯？為什麼？

　2. 你認為這個作品的主題是什麼？

二、閱讀題目：淺談西西小說《像我這樣的一個女子》的獨到的敘述方法。回答下面的問題：

　1. 請分析這個題目和核心概念"身份認同"的關聯。

　2. 你覺得這是一個恰當的論題嗎？說說理由。

單元六

三、閱讀題目：西西小說《像我這樣的一個女子》中的“我”怎樣表達了自己對身份認同的看法？從作品中選取最有代表性的實例來闡釋你的觀點。

四、選出一部已經學過的文學作品，以一個核心概念為起點，結合作品的主題確定一個高級課程論文的研究論題。以小組為單位，各自說說自己的想法，相互討論這個論題是否是一個好的選題。

我選擇的作品	我的論題	討論意見：可取之處	討論意見：不當之處	修改要點

單元六

（三）搜集查找和論文寫作相關的參考研究資料

● **一方面，在教學過程中，老師應該：**

1. 明確告訴學生寫作論文必須引用相關的資料，尤其是第一手資料的引用必不可少；如果沒有舉出作品中的具體事例來作為自己的論據，就不能闡明文章的觀點；

2. 在課堂上展示如何在論文寫作中正確有效地引用研究資料，說明第一手和第二手資料的正確標註方法；

3. 提供寫作演練的機會，讓學生掌握使用電腦設置腳註和打印的方法；此外，也要讓考生注意腳註的標註格式與一些細節要求；

4. 有意識地培養學生發展與科技相關的各種技能，例如利用在線資源、數據庫和其他基於科技的研究工具，幫助學生收集和運用有效信息。

● **另一方面，在學習過程中，考生要積極主動，做到：**

1. 明確有關引用任何參考資料都必須做出恰當的引用註明的評估要求；

2. 學會直接引用第一手和第二手參考資料的標註方法，可以使用兩種標註的方法，即腳註和尾註來列出引文的出處，給讀者提供詳細的閱讀資料；

3. 明確引用的目的，對作品內容的引用是為了論述自己的論點，引用的事例就是作者論述自己觀點的論據，沒有這些論據就不能證明作者的觀點；

4. 在引用作品中的例子時，一定要注意恰當準確的原則，原作內容不必摘抄太多；

5. 引用研究資料時，一定要保證字、詞、句都準確引用，只有準確才能有效；

6. 嚴格遵守學術論文的寫作規範，遵守國際文憑組織的學術誠實政策。

 **課堂活動**

一、請閱讀下面的一段論文選段，回答下面的問題：

> 　　李清照慣常描寫的景物包括月亮和星象。在《小重山．春到長門春草青》的下片詞中"花影壓重門，疏簾鋪淡月"[1] 這一句對偶句婉約精煉，突顯初春晚上安靜淡泊美麗的景色。自古以來也有許多人通過描寫月亮來營造意境，不同的是，李清照在"花影壓重門，疏簾鋪淡月"這一句中透露出一種女子寂寞的感受。李清照在營造意境時比較含蓄，只透過描寫自己房間內的初春晚上美好的景色，表達了沒有摯愛的人在身邊陪伴的孤獨。古代女子足不出戶，最熟悉的地方就是自己的閨房。從這個引句中可以看到，李清照對於自己房間的描寫十分細膩，從房門到床邊疏簾的景色，李清照都能夠表達到一種女子卑順的孤獨。
>
> ———
> [1] 李清照（曹樹銘校釋），《李清照詩詞文存》，台灣商務印書館，1992年，第84頁。

1. 選文中引用了第一手資料還是第二手資料？為什麼？

提示

> 　　我們所說的第一手資料，指的是與研究對象直接相關的資料，對於文學作品來講就是作品的本身。如果作品是一篇文章，那麼文章的具體內容就是第一手資料。如果作品是一本書，那麼它的序、跋、前言、後記等，也可以看作是第一手資料。

2. 選文中採用了怎樣的標註方法？內容順序是怎樣的？

提示

> 　　腳註，是在每一頁的頁面底部，將隸屬於這個頁面之內的引文集中排列標註出來。因為腳註和文字共處一個頁面，方便讀者在閱讀的時候查看引文的出處，所以考生在撰寫研究論文時，要採用腳註的方式。
>
> 　　在第一次腳註中，寫作者必須對作品的作者、版本、出版地址、章節、頁碼等資料詳細加註。以後引用同一部作品的內容時，可以簡化作者名和出版詳情，只要註明書名、章節、頁碼就可以了。

二、什麼是第二手資料？寫論文為什麼要引用第二手資料？

提示

> 　　第二手參考資料包括多種來源可靠的、有助於作品研究的資料，如統計數字、專家意見、已有的學說定論、他人的研究成果、典型可靠的事例等等。在這裏，指的是研究者搜集到的對研究對象進行研究時，所需的各種相關材料，如文史資料、研究文章、作品評論、作家

生平、各種詞典、百科全書、鑒賞資料等。

引用第二手資料，可以顯示你的研究論題具有學術價值，突出顯示你的研究所具有的價值和意義，增強論文的說服力。

三、請閱讀下面的一段論文選段，回答下面的問題：

1990 年以降，中國大陸彈詞研究日益增多，成果斐然。首先，研究廣度前所未有，研究角度亦多種多樣，引入了女性主義觀點。研究者對彈詞樣式之歷史成因和社會背景做了深入探討，對彈詞之成為一個頗具影響、成效卓著的文學樣式，做出了令人信服的結論。張燕萍的研究考察了女性彈詞作家如何在作品中表現社會底層女性人物對等級秩序的抗爭，以及她們尋求社會地位、人身自由的強烈願望。認為明清女性彈詞文學作品，表現了女權問題上的新覺醒。[1]

⋯⋯

莫勵鋒認為，孟麗君不是一個女性主義文學人物，因為在她的身上缺乏自我意識。依照他的觀點，《紅樓夢》體現出來的女性意識要高於《再生緣》。林黛玉詩中的情感，體現出她對自己身世和人生滄桑的深摯感受。《紅樓夢》對當時處於優勢的男性文化的反叛，無可置疑。[2] 在另一方面，陳端生和梁德繩的《再生緣》只是一個浪漫的傳奇故事，天方夜譚而已，未必體現人物孟麗君可能有的真實的生活經歷。"這種幻想雖然包含著為女性鳴不平的意義，但骨子裏仍然是對男性權威地位的認同"，[3] 莫勵鋒的觀點難以令人信服，因為它從根本上否定了傳奇故事所可能有的藝術價值。根據莫勵鋒的觀點，只有描寫女性的真實生活情況，女性意識才能體現出來，而具有浪漫傳奇色彩的藝術作品不是生發女性意識的良好土壤。莫勵鋒的研究沒有說明究竟什麼原因使得女扮男裝的情節模式不足以體現女性意識，甚至沒有明確界定什麼是女性意識。

文學作品不是客觀真實的照搬和再現。小說是作家個人通過藝術想象創造出來的心靈世界。在我看來，在清代社會，女性意識只有通過富有傳奇色彩的藝術作品才能成功地表達出來，因為在現實社會，女性根本沒有實現自身意願的機會。無視藝術的規律，藉口作品的真實程度來否定作品的做法，長久以來把這些女性文學形象列入另冊，排斥在女性主義文學形象之外，現在應該是修正視聽的時候了。在這個意義上，引入女性主義文學批評方法來研究《再生緣》，就顯得尤其重要。

（"陳端生《再生緣》論文研究綜述部分"節選自董寧，
《誠為才女紅顏寫心——陳端生《再生緣》中才女形象塑造》，
太原：三晉出版社，2012 年，第 25-27 頁。）

尾註：

[1] 張燕萍，《明清女性彈詞文學管見》，《信陽師範學院學報》，1998 年第 4 期，第 69-73 頁。

[2] 莫勵鋒，《論紅樓夢詩詞的女性意識》，見張宏生編，《明清文學與性別研究》，南京：江蘇古籍出版社，2002 年，第 635-655 頁。

[3] 莫勵鋒，《論紅樓夢詩詞的女性意識》，見張宏生編，《明清文學與性別研究》，南京：江蘇古籍出版社，2002 年，第 648 頁。

1. 請找出作者引用了哪些第二手資料？

2. 引用的目的和作用是什麼？

3. 如何標註第二手資料？

提示

第二手資料的直接引用也需要採用腳註或尾註的方式加以標註。對待每一個研究參考資料，都要對其作者、版本、出版地址、章節、頁碼等資料予以詳細加註。

切記：直接引用一定要加上引號，不要只是改換點原文中的幾個字詞，把它變成自己文章的內容，要知道這樣做就是抄襲，就違反了學術誠實的規定。一旦出現了這樣的情況，論文的成績必然不及格。

引用第二手資料的段落或者句子時，容易出現標點符號使用錯誤的問題。這個問題比較普遍，考生一定要格外留心。請注意下面幾種標點符號的使用規則：

1. 句號和逗號要放在引號的裏邊，如：　"。" 、 "，"

2. 冒號和分號要放在引號的外邊，如：　： " " 、 " " ；

3. 感歎號、問號、破折號，如果是屬於所引用的原文的一部分，就放在引號的裏邊，如：
　"！" 、 "？" 、 "——"

4. 如果不屬於原文，而是你文章中的內容，就要放在引號的外邊，如：　" " ！、 " " ？、
　" " ——

5. 除了直接引用外，如果採用了他人的觀點，雖然可以不用引號引出原文，也要加以解釋，並註明出處。如，你可以說：在 XXX 的文章中，提出了 AAA 的觀點，可參看原文《XXX》。

6. 注意，引用他人的原文，應該在段落的中間。文章最後的結尾內容，應該是作者自己做出的歸納與結論。在每一段結束的時候，最後一個標點不能是刪節號，也不能是破折號。

（四）規劃制定並完成一個條理清晰的寫作大綱

● 一方面，在教學過程中，老師應該：

1. 明確告訴學生評估項目中有關論文組織結構的要求，將評分標準交給
學生，令其熟悉掌握；

2. 根據學生的語言程度及其實際需要，給予有針對性的論文寫作指導，
提供一些文章範例，供學生參考；

3. 鼓勵學生採用創意性的方法，完成自己的論文寫作；

4. 提供足夠的時間和機會令學生完成論文寫作大綱，老師要及時給予反
饋指導意見，針對學生出現的問題作出講解，讓學習者有機會不斷修
改、完善提高。

●另一方面，在學習過程中，考生要積極主動，做到：

1. 認真閱讀評估標準的每一項細則，明確評估的具體要求；

2. 勇於實踐，敢於提問，主動與老師和同學討論自己不熟悉或有疑問之處；

3. 規劃構建全文結構，根據自己選擇的作品和題目，完成論文寫作大綱，徵求同學意見，不斷加以完善；

4. 管理自己的研究寫作時間，按時完成學業任務，確保寫作進展順利；

5. 尋求必要的支援，主動聽取指導老師的建議，並根據建議加以完善修改。

課堂活動

一、根據自己選定的作品和論題，如實回答下面的問題，並記下主要的內容要點：

1. 這篇論文的核心論點是什麼？

提示

　　一定要聯繫作品的主題，考慮到與核心概念的關聯，儘可能詳細說明。

2. 你打算從哪幾個具體的方面進行論證？

提示

　　每一個研究的總論點，都包含了不同的角度或者是不同層次的問題。為了有效地論述，就必須把它們拆解開來，才能論述得深入、透徹。所以，你必須把自己的總論點分成幾個密切相關的分論點來分而論之。

　　分論點的設置方法，要根據你的論點和論證的過程來決定。你可以把總論點分成幾個不同的方面，從幾個平行的、不同的角度來論證，你也可以把總論點分成幾個不同層面的問題來論述。

3.你使用了哪些手法進行論述?是否有助於你的觀點闡述?

提示

你要根據自己論文的實際情況,選用適合自己的手法。想一想,在這篇文章中,你會使用哪幾種有效的方法?請一一記錄下來,思考它們是不是恰當。

4.在這篇文章中你將會舉出作品中的哪些例子,引用研究者的哪些觀點、哪些其他的資料來作為你的論據?

提示

沒有論據,就不能論證。請你把自己選擇出來的各種論據,都明確地寫下來,分析一下這些論據能不能有效地支持你的論點。如果不行,就要重新尋找例子和引用的資料。

5.你的研究論述將得出一個什麼樣的結論?你認為這個結論有說服力嗎?

提示

為了滿足評估要求,確保寫作進展順利,在寫作正文之前,你先要思考以上幾個方面的問題,並且逐項記錄下來,不斷補充完善,做好充分的準備。

二、請參照下面的表格,根據自己的選題,設計出一個自己論文的寫作提綱,給自己的文章搭建出一個比較完整的結構框架,為論文寫作做準備。

單元六

1. 表一

文章論題	核心概念	作品主題	作品體裁特點（人物形象、環境描寫、敘事角度、悲劇或喜劇、語言運用等）	你打算從哪些角度來論述你的總論點	你的結論

2. 表二

資料類別（引文、數據、事例等）	引用內容

3. 表三

論點	論據	論證方法
總論點		
分論點		
分論點		
分論點		
結論		

提示

這個框架一般要有以下幾項內容：

● 把自己的總論點和分論點明確地列出來；

● 把自己引用作品的例子明確地列出來；

● 把自己將要引用的研究材料明確地列出來。

可將上面幾個表格組合在一起完成。

單元六

三、請以"西西小說《像我這樣的一個女子》中的‘我’怎樣表達了自己對身份認同的看法？"
為題，根據自己的理解，為自己規劃一個寫作提綱。

請從以下方面考慮文章的結構特點：

● 你提出了什麼論點？

● 你舉出了哪些作品中的例子？

● 你提出了什麼個人見解或觀點？

● 你得出了什麼結論？

（五）掌握正規學術論文的框架結構與體例規範

● 一方面，在教學過程中，老師應該：

1. 明確告訴學生評估項目中有關正規學術論文的框架體例的規範要求，
   將評分標準交給學生，令其熟悉掌握；

2. 明確指出優秀的學術論文必須是內容與形式的完美結合，大到選題內
   容，小至頁碼、書目、引文格式、字數都與考核評分密切相關；

3. 在課堂上展示體例形式符合要求、文章結構規劃完整、標題精當、論
   點深刻、個人見解鮮明突出、文字表述準確流暢的優秀論文，激勵學
   生主動創新、精益求精；

4. 提供合作學習機會，以小組為單位開展評定修改文章的活動，鼓勵學生把對文章的修改當作和寫作一樣重要的工作，對文章進行全方位的修改和編訂；

5. 引導學生先從大的方面總攬全局，然後再從小的方面斟詞酌句，經過反覆思考和推敲，彌補不足，不斷完善，去粗存精；

6. 根據學生的語言程度及其實際需要，給予有針對性的論文修改指導。

● 另一方面，在學習過程中，考生要積極主動，做到：

1. 認真閱讀評估標準的每一項細則，明確評估的具體要求，明白優秀文章總是充實的內容和外在表現形式完美結合、相互統一的；

2. 在寫作完成之後，必須精益求精，不僅從全局著手、整體考慮，還應注重細節，對自己文章的每一個部分認真檢查修改；

3. 積極主動參與小組活動，和同學一起交流合作，主動與老師和同學討論自己不熟悉或有疑問之處；

4. 具備科學研究的態度和求實嚴謹、認真負責的作風，為確保文章的準確性和完善度，學生在準備交稿前須對論文做出全面審查。

 課堂活動

一、"修改是寫作中一個不可缺少的環節。好的文章是修改出來的。"你認為這句話有道理嗎？談談你的看法。

二、請從以下幾個方面對自己的論文進行檢查和潤色，逐項進行審閱和修訂，對寫作中出現的疏漏、誤差，進行增刪調改。

1. 看自己的論題是不是符合要求。審查自己的論題，請填寫下表。如果有不符合的情況，請加以適當改正：

論題	判斷
有明確的焦點、核心，大小恰當，不會過於寬泛。	
適合文學問題研究，在有限的時間內有能力把握。	
具有獨特的視角，合乎作品的實際，能表現個人見解。	

論題應大小合適：

● 符合對文學作品研究的要求，保證自己能用有限的精力完成；

● 題目太大則不能充分論述，且超過了字數規定；

● 好的論題，能突出展示自己個人的見解。

2. 看論文的研究資料是不是充足恰當。審查自己的論文，請填寫下表。如果有不符合的情況，請加以適當改正：

文章引用	判斷
找到的資料是否符合你的研究範圍和研究領域？	
找到的資料是否和你研究的論題密切相關？	
這些資料是否種類豐富、可靠可信？	
這些資料是否經過細緻的分析，確定了具有使用的價值？	
這些資料出現在文章的什麼地方（腳註、參考書目）？哪些被具體引用？	

3. 看論述過程對研究對象的理解深度。審查自己的論文，請填寫下表。如果有不符合的情況，請加以適當改正：

論文內容	判斷
從你的論述中是否能看出對作品主題、核心概念的深刻理解？	
從你的論述中是否能看出對作者選用手法技巧的深刻理解，及對象的特點所在？（如文體特點、文學技巧、作品風格等）	
你是否在論述中對作品進行了深入細緻的解讀與分析？	
你的論文是否把要研究的問題說明白、說透徹？	

提示

● 對作品主題、核心概念須有足夠的理解程度；

● 對作者選用手法技巧須有足夠的理解程度；

● 對作品的引用應充足有效。

單元六

4. 看文章邏輯結構是否合理，論辯展開是否充分。審查自己的論文，請填寫下表。如果有不符合的情況，請加以適當改正：

論文內容	判斷
是否緊緊扣住你的論題，用具體的事例充分論述自己的觀點？	
在論證自己的觀點時，是否用具體的事例、引相關的材料據理力爭？	
是否精心策劃了自己的分論點，且每一個分論點的論述都包括：是什麼（提出論點）、在哪裏（顯示證據）、為什麼（論述闡明）、怎麼樣（效果或作用），並得出相應的結論？	
是否使用了有效的關聯、過渡詞句，將每一個段落都上下貫通與相互銜接？	
論述是否具有鮮明的層次感和條理性，能順理成章得出總的結論？	

提示

- 文章的邏輯結構應條理清晰；
- 論證步驟應線索分明步驟清楚；
- 論述應重點突出、論辯充分；
- 得出的結論應順理成章有說服力。

5. 修訂論文的語言文字。審查自己的論文，請填寫下表。如果有不符合的情況，請加以適當改正：

論文內容	判斷
語言文字是否表述清楚準確，詞語、句子、語法是否規範？	
在何種程度上選擇了適當的語體和風格？	
是否使用了文學的專業術語、概念、理論？	
句子書寫是否規範，是否用了方言口語？	
標點符號是否正確？	
語言的清晰度、變化度和準確度如何？	

● 語言文字應表述清楚、用詞準確、句子完整、語法規範；

● 使用文學的專業術語、概念、理論，富含文學詞彙，表達流暢；

● 句子書寫規範，不用方言口語；

● 正確使用標點符號；

● 語體和風格恰當。

三、請選用已經學過的作品，根據下面的引導題，完成一篇論文寫作的提綱。

"在山水詩中，作品如何展示出人與自然的和諧關係？反映了作者怎樣的自然觀念和人生境界？"

● 主題：人與自然的關係

● 概念：文化、呈現

優秀的詩歌作品具有世界性、超越性和當代性。作品中人與自然的存在的呈現，作者穿越時間與今天的讀者相遇。所有寫自然山水美景的文字，也都可以說是對人與自然存在關係的一種探究。

中國古代的文人崇拜大自然，嚮往與自然山水融為一體，"物我兩忘""天人合一"是其人生的最高境界。在現代社會，人類對大自然的大肆破壞和侵犯已經遭到了大自然的嚴厲懲罰和報復。人類開始重新審視人與自然的關係，環保概念家喻戶曉。關注文學對自然的呈現具有重要的現實意義。

四、根據下面的論題，完成一篇論文寫作的提綱。

"淺析石黑一雄的小說《別讓我走》如何表達了對人類生存困境的思考？"

提示

● 主題：人類的生存困境；科技發展與人類社會的關係
● 概念：創造力、身份認同

2017 年 10 月 5 日，日裔英國籍作家石黑一雄獲得 2017 年度諾貝爾文學獎。《別讓我走》講述了一個虛幻的克隆人故事：卡西、魯思和湯米們，被非人的技術力量控制，無法選擇自己的命運，只能為社會精英們捐獻身體。故事具有廣泛的文化象徵意義和深刻的精神寓意，表達了對人類生存困境的思考。

五、閱讀一篇女性文學作品，討論文本中男女使用的語言有何不同？文本如何描寫了男性和女性？

提示

● 主題：人與社會、個人的價值觀念
● 概念：身份認同、文化、轉化

找到自己發現的與作品相關的主題和問題，找出作品中的關鍵段落如何與這些主題和問題產生重要聯繫，選擇研究題目。

六、以一部文學作品為例，闡述你的觀點：女性主義作家一定是女性嗎？

提示

● 主題：人權、性別平等、個人的價值觀念
● 概念：觀點、身份認同、文化、交流

找到自己發現的與作品相關的主題和問題，找出作品中的關鍵段落如何與這些主題和問題產生重要聯繫，選擇研究題目。

七、採用前面五個單元中的題目進行寫作演練。

提示

寫作樣稿與評分記錄請查看本書電子資源庫相關內容。（請參見本書前言）

後記

終於在五月到來之前完成了書稿！

這項工作本應在 2019 年完成，卻一再推遲。教學繁忙固然是主要原因，更重要的是我花費了太多的時間在反覆修改單元的框架結構上。從開始設計到最後定型，嘗試了四個方案，因為不能很好地容納幾個大的要素涵蓋重要的內容，前三個方案都被放棄重來。我個人認為，和以前的幾本教材相比，這本書稿最有創意的不是講解的內容，而是設計的思路和呈現的方式。一旦定型我就開始試講試用，進展順利，本有望在 2019 年的年底完成。

不料，12 月初我的母親猝然離去，令我這個已經成年的女兒潰成齏粉。母親竟是我何來何去何依何從的一切，我的動力、我的勇氣、我的憧憬在那個早晨隨她而去如風似雲。剩下的只有未能完成與母親約定的悔痛，無時無刻啃噬著我，教材寫作徹底停頓了。

始料不及的新冠肺炎疫情，被迫轉入的網上教學，給 DP 中文新大綱的教學實施造成了更多的不便。我陸續接到了很多老師的詢問和催促，希望能早點看到新的課程指導。非常感謝三聯，感謝我的老搭檔小萌，給了我無限的信任和包容。這更讓我明白我應該兌現承諾。

從來沒有像現在這樣相信命運的安排。我的第一本 IB 教材《IBDP 中文 A 文學課程指導》的初版稿是在 2011 年暑假完成的。在寫後記的時候，我的媽媽就坐在我的對面，我是在她慈愛而又驕傲的目光注視下完成了我平生第一本 IBDP 文學課程的教材。今天，媽媽的相框就在我的對面，一如九年前一樣，我是在媽媽摯愛而又深情的目光注視下寫下這篇後記，為我的書稿畫下句號。

人類是可以負痛前行的，疫情、困難都會被戰勝；人類必須負痛前行，母愛、恩情須臾不可忘懷。媽媽，不尋常的冬天已經過去，新的夏天正在敲門。

2020 年 4 月 30 日